ミゼラ
「うう……少し恥ずかしいわ……
似合ってる？　変じゃないかしら？」
異世界でスロ〜ライフを願望
いせかいで すろーらいふを （がんぼう）
I have a slow living in different world (I wish)
著：シゲ【Shige】
イラスト：オウカ【Ouka】

「ん」
シロ
くろ
「シロ！」
レンゲ

アイナ
「なんの！」
ソルテ

「や……そこは、そこ、擦っちゃ……っ！」

著：シゲ【Shige】
イラスト：オウカ【Ouka】

8

異世界で《いせかいで》スロ〜ライフを《すろーらいふを》（願望《がんぼう》）

I have a slow living in different world (I wish)

異世界でスロ〜ライフを（願望） 8

I have a slow living in different world (I wish)

CONTENTS

序章　弟子とポーション

最近の俺の生活は大分健康的だ。

朝起きて朝風呂に入り、朝食を取ってから錬金室で仕事をする。

ゴリゴリと音を立てて薬体草を磨《す》り潰す音だけが錬金室に響いている。

弟子であるミゼラが真剣な眼差《まなざ》しで薬体草を削り、乳棒を置いて水でカサを増やして魔力を注ぎ、変化を促して回復ポーションを作る。

淡い光を伴って、無事に完成したそれを見て一息つき、後ろにいる俺の方を振り返るミゼラ。

「十本中三本か。安定してきたな」

日課となった毎朝の試験。

毎日十本を集中して作り、何本が成功するかを試していくというものだ。

こういった定期的に自分の実力を見つめなおす機会を作る事で、日々の向上心に刺激を与える役目がある。

「また三割……いいのか悪いのかわからないわね」

「十分だと思うぞ?」

スキルを獲得してからはしばらくずっと一割程度、それが二割で安定し、三割に安定するまでに至ったのだ。

ハーフエルフはスキルの取得がゆっくりだそうだが、スキルを取得してしまえば安定性は関係がないはずなので、単純にミゼラの実力だろう。

「十割で成功する人が言っても、説得力がないわね……。凄《すご》い師匠に恥じない弟子になりたいわ」

「まあ恥だなんて思わないから、好きにやりなさい。改善点を見つけて試行錯誤だよ」

「はーい。あ、失敗したのも取っておくのよね？」

「ああ。もう少し安定してきたら、この水も使ってポーションを作ると効果が上がったり、成功率が上がったりするからな」

「錬金術師って、無駄がなくて便利ね」

「良い職だろ？　失敗しても、無駄にはならないからな。それに、冒険者や兵士、魔物がいる限りは需要はなくならないからな。それ以外でも一般家庭にだって回復ポーションは必要だし、安定してるって素晴らしいよな」

「そうね。あとは私の頑張り次第っと……旦那様、今日も魔力の補充をお願いしてもいい？」

そう言うと、ミゼラは俺が以前にあげた『翠玉《すいぎょく》の銀指輪』を掲げるので、そこに魔力を注ぎ込んでおく。

自然効果で空気中の魔力を吸い込む事が出来るが、速度が遅いので朝の日課の後は俺がこうして魔力を補填《ほてん》しているのだ。

「それで、今日も行くの？」

「ああ。ミゼラもだぞ」

「わかってるわよ……。使用者の反応も見ておきたいし、なにかあったら嫌だもの」

「心配ないと思うけどな。鑑定で効果を調べても問題ないんだしさ」

「そうなのだけど……やっぱり心配にはなるのよ」

誰に似てとは言えないが、心配性だなあ。

現在ミゼラのポーションも冒険者ギルドに卸しはじめたのだが、どうやらしっかりと効いているのかが心配らしい。

ギルドマスターや冒険者に使い心地を聞いたが全く問題ないと言われているし、検品の際には鑑定を用いて効果も調べているのだが、どうにも不安に思ってしまうようだ。

「それじゃあ納品分を増やすためにも、スキルレベルを上げるためにも続けようか」

「はい。お願いします師匠」

楽しそうに頭を下げるミゼラに、今日も俺は錬金を教える。

ここ最近の午前中の予定はミゼラへ錬金を教える事が日課となっているのだ。

鉄は熱いうちに打てというが、ミゼラのやる気は熱いままむしろ更に熱くなっている。

失敗続きでも諦めないミゼラを見て、俺も真面目《まじめ》に頑張ろうと思えるのだった。

アインズヘイルは今日も人が多く賑《にぎ》やかだ。

流石《さすが》は商業都市というだけあり、毎日街を見回ると見た事がない物を売る商人が増えている。

「しかし、今日はやけに人が多いな……」

通り一つ抜けるだけでも一苦労なほどに人が多いのだが、はっきり言うが人混みは嫌いなんだよなあ。

あうあ、また肩が当たった……。

「当然でしょう？　だって、お祭りが近いのだから」

「やっぱりそれか……。ああ、お祭りの日はもっと多いんだろうなあ」

「でしょうね。……それで、どうして手を繋《つな》いでいるの？」

「そりゃあ人が多いからな。はぐれたら困るだろう？」

「そうなのだけれど……さっきから変な目で見られている気がして……子供っぽく思われてるんじゃないかしら？」

変な目？　ああ、男達《たち》からの視線だな。

男達は、単純にミゼラが綺麗《きれい》だから目を奪われているのだろう。

透き通るような白い肌、線が細く触れたら折れてしまいそうな華奢《きやしや》で繊細な四肢。

日の光を浴びてキラキラと輝きを放つプラチナブロンドの髪。

儚《はかな》い深窓の令嬢のようでありながら、可愛《かわい》らしい服装のミゼラが注目を得るのは当然だろう。

「ミゼラが綺麗だから、注目されてるだけだろう」

「そんな訳ないでしょう?」

いやいや、あるんだよなあ……。

それと同時に俺には羨望と嫉妬の視線が送られている。

割合としては羨望二嫉妬八だ。

呪詛《じゅそ》じみた言葉も耳に入ってくるが、甘んじて受け入れよう。

「さて、そろそろ冒険者ギルドのはずなんだが、今日はもしかしてそっちも混んでるのかな?」

「……どうかしらね」

んん? なんだ? 冒険者ギルドの話をしたら、少しミゼラのトーンが下がった気がする。

やはり心配性だな……。

「……大丈夫だって。ちゃんと売れてるんだよ。売れてるからこそ、また回復ポーションを持っていくんだろう?」

「そうだけど……私の作ったポーションが売れてる実感がまだないのよ」

「新人の冒険者も増えて、回復ポーション(劣)や(小)の需要も増えてるんだろう? あっちも助かってるって言ってたくらいだから、自信を持っていいんだぞ」

「駄目よ。慢心出来るほど、私は結果も努力も伴っていないもの。旦那様の弟子として、もっと頑張らないと」

ミゼラは自己評価が低いなあ。

俺の弟子って……むしろ適度にさぼるくらいでもいいんだけどな。

頑張り屋なのは構わないが、もっと自分を褒めてもいいと思う。

まあ、ミゼラが自分を褒めない分俺が褒めるけどさ。

そんなこんなで、やって来ました冒険者ギルド。

中からは毎度毎度ぎゃはははと騒いでいる声が聞こえるが、普段よりも声が大きいのでやはり人は多そうだ。

「よし。それじゃあ入るか」

「……まだ、手は繋ぐの？」

「嫌か？」

「嫌じゃないけど……少し、恥ずかしいわ……」

「嫌じゃないなら、離さない」

「もう……」

本当に恥ずかしそうではあるが、嫌そうではないのでそのままで行く。

小さいミゼラの手を握りながら、毎度おなじみ一般人には入りにくい雰囲気を醸し出しているウェスタン風の二枚扉を押して中に入る。

やはり、知らない顔の冒険者が多いな。

こいつらも恐らく祭り目当てでやって来たのだろう。

冒険者は騒がしいのが好きそうだもんな……偏見だけど。

「おいおいおい。ここはデートスポットじゃないんだぜ？」

「ん？」

「可愛い子を見せびらかしにでも来やがったか？　へへへ。置いてってもいいんだぜ？」

「すげえ別嬪《べっぴん》だ。おい、酌をしてくれよー！」

おお、知らない冒険者に絡まれてしまった。

丸型のテーブルに酒瓶とジョッキ、それに乾いた肉のつまみで盛り上がっていたのだろう。男だけで。

まあ、男だけのパーティだから寂しくて、ちょっと絡んだくらいなのだろうな。

冷やかしのようなものだ。

ふふふ。俺もなれたものだ。

こんな厳《いか》つい冒険者に絡まれても少ししかビビらなくなったぞ。

とはいえ……。

ミゼラが……怯《おび》えているじゃないか。

繋いで手からびくびくとした反応が窺《うかが》える。

まだミゼラは男性が怖いのだ。特に……顔も知らないような顔が怖い冒険者など論外である。

よし……やろう。

「おい……やべえぞ。止めねえと」

「ああ。あのバカ野郎共が……！」

何やら声が聞こえてきているが、もう遅――。

「フカーッ！　あんた達！　この人が誰なのか知らない癖に絡むんじゃないわよ！」

「フーッ！　この人達に指一本触れてみなさい。あんた達、冒険者ギルドから生きて出られないと思いなさい！」

「ガルルルル！」

「「「ひぃ！」」」

……何かする前に、獣人の女の子の冒険者の皆さんが俺達の前に立ってくれた。

その際に尻尾がふよふよと動いており、俺の視線はそちらへと釘付《くぎづ》けになる。

「な、なんだよう。一体なんなんだよう」

「あー……悪いけど、その人達はこのギルドに回復ポーションを卸してくれる錬金術師ギルドの方なんだよ。お前らも冒険者なら錬金術師ギルドとの関係がどれだけ大切かわかるだろう？」

お、俺のポーションを割った男だ。

どうやら収拾を付けてくれるらしい。

今やこの男は冒険者ギルドの中で最も仲のいい男冒険者と言っても過言ではない程の男である。

良く酒も飲むし、アイナ達には内密にして素材を取ってきてもらうなどもしているのだ。

そういえば、Bランクに上がった際にお祝いをして以来だな。

「あ、ああ……そういう事か。そいつは悪かった。だとしても、少々過剰じゃないか……？」

「一回やらかしちまったからな……。それに、あの旦那のファンは多いんだよ」

「へ？　あっちの可愛い子じゃなくて？」

「ああ……そっちも多いが、旦那の尻尾ケアはうちの冒険者ギルドの獣人は目がないんだよ。特に、祭りも近いからな……どうにか時間を作って綺麗にしてもらおうって話をしてたのに、お前らが追い返すような真似《まね》をしたから……な？」

ごくりと唾を飲み込む三人の冒険者。

その三人が周囲を見回すと、ギロリと獣人の冒険者達に睨《にら》まれているのを自覚したらしく、ぺこぺこと俺に向かって頭を下げてくる。

……しかし、睨みつけている獣人の中には知らない子もいるな。

そして、その子達の尻尾は明らかに手入れが微妙で、恐らく俺がグルーミングをした事がない子のはずだ。

……もしかして、ここの獣人に話を聞いて興味を持たれたのだろうか？

「で……だ。旦那。その取り出した試験管はなんだ？」

「これか？　これはアレだ。痺《しび》れ薬だよ」

当たり前だろう。俺だって自己防衛の手段くらいは考えているとも。

勿論《もちろん》鍛錬も続けてはいるが、冒険者に太刀打ち出来る程上達している訳もないので、何かあった際に備えてはいるのである。

「痺れ薬ねえ……それだけか？」

「……」

ついすっと視線を逸《そ》らしてしまう。

勘のいい男め。

仲が良くなったせいか、俺の性格も読まれ始めてきたのだろうか。

「おいいいい！　なんだよ。どんな効果があるんだよ！」

「……タタナクナール」

「おいいいいいい！　そんな危険物を冒険者ギルドでぶちまけようとするんじゃねえよ！」

「大丈夫大丈夫。空気に触れるとすぐに蒸発して感染する時間は短いし、範囲は狭いやつだから」

「そうか。それなら大丈夫……ってなると思うのか？っていうか、別パターンもあるのか？」

「……ちぃ。うるさいな。ミゼラを怯えさせておいて、痺れてタタナクナル程度で許されるんだ。安いもんだろう」

「それは男にとっては最大の毒薬だぞ……」

それはそうだろう。

同じ男として、絶対にやられたくない効果を考えて作ったのだ。

万能薬が効かないように作るのはとても苦労したのだ。

自分で試すわけにもいかないから鑑定を何度も使って、説明文に専門の治療薬じゃないと治せないと出るまで頑張ったのだ。

ちなみに、その素材採取はお前にも頼んだからな。

「しまっとけしまっとけそんなもん……封がしてあっても怖いわ」

「はいよ。で、ギルドマスターはどこだ？　回復ポーション持ってきたんだが……」

「ああ、奥で在庫確認してるよ」

ならさっさと行って納品を済ませよう。

そして日の出ているうちにお昼寝だ。

騒がしい街ではなく、庭の木陰でゆっくりしよう。

と、思ったんだがな……。

『お、来たか。そうだミゼラちゃん。ちと相談なんだが、納品数を増やしちゃあくれないか？』

と、ギルドマスターからお願いがあり、ミゼラは現在量や納期について相談中。

時間が余ったので、少しの間だけではあるが、尻尾ケアを行う事にした。

「あふぅぅ……今日も幸しぇでごじゃいましたぁ……」

「はいお疲れさん。前よりもいい艶になってるな」

冒険者ギルドにて何度か尻尾ケアをしている鼬人族《ゆうじんぞく》の女の子。

尻尾が長く大きくてやりがいがあり、ケアも程よくしてあるので手触りが良い子だ。

……今日は妙に視線を感じたのだが、やはり他所《よそ》の獣人の冒険者に興味を持たれたと思って良いだろう。

「そうですか？　えへへやったぁ。この前教えていただいたお薬が凄い良かったんですよ！」

ああ、リートさんのお薬ね。

それについてはリートさんからも大分感謝されたな。

『後輩君のおかげで臨時収入が沢山です！　これで暫《しばら》くおかずが豪華《ごうか》になります！　ちゅうしてあげますー！』

と、大分テンションが高く、飛び込んできた際にアイナ達にブロックされていたな。

「あん……こーら。もう弄《いじ》っちゃ駄目ですよ……」

「ああ、すまん。思わずな。根っこの感触が気持ちよくてさ」

「もう……褒められて悪い気はしないですけど……今は敏感ですから、悪戯《いたずら》っ子は……あっ」

「本当に駄目？」

「駄目じゃないですぅ……」

同意が得られたので続けさせてもらおう。

多分、そろそろミゼラの話し合いも終わるころだし、もう一人をこなすには時間が足りないだろうしな。

「あっ……あっ……そういえば、なんでミゼラちゃん、だけ話し合いなんですか?」

「んんー? ミゼラのポーションが良く売れるからだってさ」

「あん……んぅ……同じ、ポーションなのにですか?」

「ああ。一部の冒険者がミゼラが作った物を指定して買っているからすぐなくなるんだそうだ」

まあ、気持ちはわかる。

俺だって女性が作ったポーションと、男が作ったポーションを選べるのであれば前者を選ぶからな。

それがミゼラのような美人で可愛い子であるならば、比べるまでもない。

そして、冒険者は圧倒的に男が多い。

そうなると、ミゼラの方が売れるのが早いのも納得が出来る。

「そ……ぅなんで、ぁん、すねえ……。私は、お兄さんのを買いたいですけど……」

「ありがとう。これからもよろしくな」

「はい……勿論ですぅ……あああっ!」

体をびくびくっと跳ねさせたので手を止めるが、暫くびくびくと体を震えさせている鼬人族の女の子。

少し体を汗ばませているので、タオルで軽く拭いてあげると更に体をびくんと跳ねさせてしまっていた。

「……旦那様？」

「おかえり。もう終わったのか？」

「ええ。とりあえず、可能な限りは持ってくるようにしたのだけれど……毎日コツコツ頑張らないと」

「……あんまり無理を言われたのなら、俺がガツンと止めるぞ？」

「大丈夫よ。ちゃんと可能な範囲だもの。それに……期待されているのなら、その期待にこたえたいの」

ふんす、と両手で拳を握りやる気をみせるミゼラ。

ミゼラは誰かに必要とされている事を嬉《うれ》しく思うのだろう。

まあ……約束の数が揃《そろ》わなかったところでギルドマスターも怒りはしないだろう。

であれば、頑張る人を止める訳にはいかないな。

無理をしているようであれば、休ませはするけどさ。

「それで……旦那様は何をしているの？」

「何って……」

今の俺の状況は……。
・膝の上に鼬人族の女の子を乗せている。

・タオルで内もものあたりを拭っている。
・女の子は顔を紅潮させて、はあはあと荒い息を漏らしている。
……落ち着け。まだ慌てるような時間じゃあない。

ミゼラは理性的な子。

ちゃんと説明をすれば、きっとわかってくれるはずだ。

「凄《すご》いわね。こんなところで堂々と……」

「違う！　尻尾！　尻尾を綺麗にしていたんだよ！」

「尻尾……？　尻尾を綺麗にしていたくらいで、こんなになる訳ないでしょう？　腰も抜かしているようだし……」

「本当なんだよ……。なんだか俺にもわからないが、俺の尻尾ケアを受けた子は皆こうなるんだよ……」

「旦那様……。別に責めている訳ではないのよ？　同意の上でだろうし、そんな旦那様でも、私は軽蔑はしないわ。……多分」

「多分!?　いや、本当に、本当なんだって……なあ！」

「へぁ……？　えへへぇ……しゅごい気持ちよかったれす……」

「……そう。気持ちよくしていたのね」

「そうだけど！　絶対ミゼラが思っている事とは違う！　誰か！　誰か説明を！　ミゼラに詳しく

第三者からの正しい説明をしてくれる人はいませんか！」

　この後なんとか獣人の女の子達によって説明を受け、ミゼラの誤解は解く事が出来た。

　ただ、まだ半分は信じられないらしい。

　獣人にとって尻尾はとても大切な物だという事はわかったが、そこを綺麗にするだけであんなになるのか？　と。

　それについて、獣人達からも疑問ではあるのだがとても極上の気持ちよさなのだと、更にはとてつもなく尻尾が綺麗になるので私達にとっては死活問題に近いものなのだとミゼラに熱く説明をしてくれた。

　……対価として、お祭りまでの間に希望者全員の尻尾ケアをする事になったのだが、甘んじて受け入れようと思う。

第一章　加速する方向性《ベクトルアクセル》

街はお祭りムードだが、だからと言って日頃の鍛錬が休まる訳もない。

「今日は私が相手を務めよう」

「アイナか……良かった……」

「む？　それはどういう意味だ主君？　まさか、私の鍛錬が楽だとでもいうのか？　それならば、今日はいつも以上に激しくいくぞ？」

「いやいやいや……アイナが楽なんじゃなくて、レンゲが激しいんだよ……。ソルテもギリギリを突いてくるから怖いんだよ……。その点アイナの寸止めは信用しているからさ」

「ふむ……。信用してくれるのは嬉《うれ》しいが、二人も高ランクの冒険者だぞ？　主君を相手に、下手を打つような事はしないさ」

いやうん。本当、二人共俺のために時間を割いて鍛錬してくれているのだからありがたいし、事実大怪我《おおけが》なんてないのだけどね。

でも、あれは肉体の鍛錬というよりは精神を削りに来てるのだと思うのだよ。

レンゲは調子に乗って俺の剣に当てるならいいんすよね？って、格闘ゲームのような乱舞系のコンボを決めてくるし。

ソルテはよく褒めてはくれるが、褒めた後はすぐさま実戦形式のようにぎりぎりを本気で突いてくるのだ。

あの突きが横腹を通り過ぎる風を感じた時、俺は思わず横腹に風穴があいたと錯覚したほどである。

強くなる前に、トラウマになりそうなのだ……。

もう少し、もうあと少し自分に自信がついてからああいった高度な鍛錬を行って欲しいと思うのは、きっと俺がへたれだからじゃないはずだ。

「さて、主君は今日もお祭りの準備もあるのだろう？」

「まあ、ほとんど完成してるけど一応な」

何故《なぜ》かわたあめ機が爆発してから何回も何回も改良をして、ようやく出来上がったのだ。

量産もしたし、木の棒もこんなに売れるか心配になる程に用意も済ませてある。

ザラメもメイラが無理をして仕入れてくれたし……あいつにはお礼をしないとだな。

「孤児院の子供達《たち》にも鉄板を作ったのだったな」

「ああ。そっちも大丈夫だ。焼き方の指導もしたし、ソースやマヨネーズの作り方も教えてあるよ」

鉄板作りは簡単だったしな。

鉄に火の魔石を合わせるだけだし、ミゼラに教えるにはちょうどいい難易度だったし。

まあ、火力の調整や万が一の際に魔石が壊れないような工夫などはまだ早いかもしれないけど、色々便利だから覚えておいて損はないだろう。

異世界のチート調味料の代表格であるマヨネーズだが、やはり一部には知られているものらしい。まあ流れ人、なんて言葉が定着しているくらいだし、過去にこの世界に来た人が作っていたとしても何ら不思議はないだろう。

元々生食可能な卵もあるのでそれを使いつつ、俺流のレモン汁を使ったマヨネーズの作り方を教えておいた。

「ふふ。それでは、孤児院の子供達はライバルだな」

「ライバルって……別に順位を競う訳でもないだろう?」

「む？　知らないのか主君。アインズヘイル記念祭では、毎回露店のお店で順位を競うのだ。勿論《もちろん》、上位の露店には豪華《ごうか》な景品も出るのだぞ」

「へえ……そうなのか」

豪華な景品ねえ……。

オリゴールの銅像とかだったら、本当に要らないな。

「ちなみに、去年はなんとキングホワイトキャタピラスを丸々一匹だったぞ」

「うん。とても、いらない」

なんだよ。キングホワイトって。

でかいの？　白いの？　元々キャタピラスがとても大きな芋虫の癖に、更に大きい上に白くなるの？

で、それを食べるの……？　はっはっは。

異世界カルチャーショックだよ！

なんで明らかに食べるのに向いていないであろう見た目のそんなものは食べるくせに牛の舌は駄目なんだよ！

「ふむ……。まあ、主君はそう言うと思っていたがな。だが、一般的には一生に一度食べる事が出来るかどうかと言われるような、超高級品なのだよ。世界最高の虫肉で、大体一匹丸ごとで、500万ノールくらいかな？」

「高いっ！」

芋虫のくせになんて高いんだ！

いったいどれほどその虫は美味《おい》しいのだろうか。

全く気にならないがな！

「まあ、毎年我々冒険者が善意で協力して一匹丸々狩ってくるから、仕入れ値はそうでもないがな。今日はレンゲとソルテがいないのも、討伐に出ているからだぞ」

「……あいつら、帰ってきたら丸洗いにしてやろう」

尻尾も髪の毛も何もかも全部まとめて綺麗《きれい》にしてやるぜ……。

虫液一滴たりとも残してなるものか……。

「さて、時間も惜しいし始めようか主君」

「はーい……やりますか」

丁寧に呼吸を整えて、武器を構えてアイナを見据える。

アイナも、俺の状態が整ったのを見て一息に近づいてくると、俺には苛烈に見える猛攻で追い立ててくるので、どうにか剣と不可視の牢獄《インビジブルジェイル》で防いでみせる。

「っ……」

「そうだ。不可視の牢獄《インビジブルジェイル》は見えないのが利点でもある。防ぐ物は防ぎ、避《よ》けられる物は避《よ》ければ相手はバランスを崩しやすくなるぞ。わざと隙を作るから、狙ってみろ」

隙を作るって……どこだよ隙。

アイナの戦い方は質実剛健。

合理的で無駄がなく、一つの動作が理論づいていて、更にはアイナ自身の力も強いため、防いだ剣が痺《しび》れる程に重いのだ。

俺にとっては一撃必殺でありながら、アイナにとっては軽い牽制《けんせい》のような攻撃という理不尽さ。

そんな中で隙なんか見つけられないっての。

「どうした主君？　私は隙だらけだぞ？」

「ぐっ……」

良い煽《あお》りをしてくれるなあ。

アヤメさんに習った不可視の牢獄《インビジブルジエイル》を使っての行動阻害も即座に力で破壊されてしまい使えない。

もうすでに何十枚も破られており、ＭＰの消費も激しい。

距離を離して魔力回復ポーションを飲みたいところだが、以前情けない大振りを見せてしまいそのあと昏倒《こんとう》させられた事を思い出した。

とはいえこのままじゃ万全な状態で不可視の牢獄《インビジブルジエイル》を出す事も出来ないので、俺はマナイーターとは逆の手に、魔法空間から取り出した新たな刀を握る。

『マナイーター』と『陰陽刀　－陰－』。

『マナイーター』は文字通り切りつけた相手のＭＰを吸収する事が出来るので、安定して不可視の牢獄《インビジブルジエイル》を発動する事が出来る。

更に、魔法だって切ってしまえる代物だ。

そして『陰陽刀　－陰－』は片手で楽に振るえる程に軽い刀。

この刀の特性はマナイーターに近く、人体に触れれば肉体ではなく幽体を切ると言われ、切られた場合しばらくその部位を動かせなくなるというものだ。

肉体へのダメージがＳＴＲ《ストレングス》とＶＩＴ《バイタリティ》だとすると、こちらはＩＮＴ《インテリジエンス》とＭＩＤ《マインド》が関係しているという俺のステータスに適した武器である。

マナイーターが魔力を奪い、陰陽刀が自由を奪う。

殺すというよりは、どちらも相手の妨害に特化した物だな。

ただし、陰陽刀のいいところは能力を発動しなければ普通に切れる刀というところだ。

「ふむ二刀か」

アイナが警戒して攻め手を緩めたのを見計らい、距離を取ったが魔力回復ポーションを飲める程の余裕はない。

さて、どうするか……。

「ふう……っ！」

「っ、はぁっ！」

一瞬息を吐いた、その隙に詰め寄られ、下段から斜めに切り上げられる。

なんとか反応したものの、二本の剣を合わせるのが精一杯。

そしてそんな状態では当然の如《ごと》くアイナにパワーで勝てるわけもなく、俺は吹き飛ばされ地面を転がるのであった。

「っ！　ぺっぺっ……あー……痛て……」

「主君、大丈夫か？」

「おーう。少しは頑丈になってきたかも」

これだけ何度も吹き飛ばされていれば嫌でもステータスは向上するだろう。

それにしても、当然ながらまったく歯がたたん……。

「うーむ。防御面は少しずつ良くなってきているが、攻撃は……だな。二刀は面白い試みだったが、まだ練度が圧倒的に足りないな」

「だな……不可視の牢獄《インビジブルジェイル》で距離を取れない時にって考えたんだけど、やっぱ利き腕じゃない方がぎこちないよな」

元々は予備として考えていたんだが、不可視の牢獄《インビジブルジェイル》で防ぎきれない場合にと練習しはじめたのだ。

だが、やはり左手がぎこちない。

右打ちのバッターが左打ちをするかのように、動きが固くなってしまう。

「発想自体は悪くないと思うがな。防御面で主君には不可視の牢獄《インビジブルジェイル》があるから、攻め手を増やすという意味では二刀も悪くはない。ただ、主君の場合器用さはともかく、片腕で相手の攻めを防ぐ力が足りないな」

「筋トレもっと増やすか……」

「あとは、一度距離を置いたとき、どう攻めるか悩んだだろう？」

「あー……踏み込んでも俺のステップじゃ遅いからな……」

「なるほど……ならば、瞬発力も鍛えねばならないな」

アイナは具体的にどうすればいいと教えてくれるからありがたい。

感覚派が多いんだよな俺の先生達は……。

『がーっと攻めて、ガチっと守るんっすよ！』とか、わかんないよ。

アイナに手を引かれ立ち上がると、俺は魔力回復ポーションを飲んでからまた剣を構える。

アイナが剣を構え、お互いが構え終えたら再開で、開始の合図はない。

それじゃ、今回は俺から行きますかね！

ぐっと足に力を込め不可視の牢獄《インビジブルジェイル》を張り、さあ行くぞアイナと前のめりになった瞬間だった。

【空間魔法のレベルが 6 になりました】

【加速する方向性《ベクトルアクセル》を獲得しました】

「っ!? ちょっ！」

突然訪れたレベルアップに、前傾姿勢がかなり不安定となり倒れる直前で強く地面を踏み抜いた。

そして、焦ったために発動してしまった加速する方向性《ベクトルアクセル》がたまたまその踏み抜いた場所にあり
……俺は、ぐっと溜《た》めたあとに視界が一瞬で流れ出す。

「なっ……！」

慌てて反対の足を前に出し、バランスを取ろうとするが周りの情景が流れるように過ぎ去って行き、アイナの驚いた顔があっという間に迫る。

っていうか、アイナは剣を構えてるからこのままじゃ刺さる！

と、思っているとアイナは剣を放《ほう》り投げ、俺を受け止めるように構えるとそのまま衝突してしまった……。

「痛たた……アイナ。大丈夫……か？」

砂煙を上げ、衝突してしまったアイナに声をかける。

すると、俺の真下から声が聞こえてきた。

「ああ……大丈夫だ……だが、その……手が……」

手って……はっ！

これはあれだな。お決まりの奴《やつ》だ。

俺知ってるぞ。おっぱいに手を置いてしまっているというやつだろう。

だがちょっと待って欲しい、俺の手の感触は固い。

指を動かしてみるが固いのだ！

「鎧《よろい》の上からでも……かまわないのだろうか……？」

そうか！　アイナは鎧を着ていたのだ。

ぐぬぬ鎧め……。

「俺は柔らかい方が好きです……」

「そ、そうか……。言ってくれれば……今日は二人きりだし、いつでも……」

頬を紅《あか》く染め、軽く握りこんだ拳を口元に当て視線を逸《そ》らすアイナ。

そんなアイナの積極的なのに照れている可愛《かわい》らしい姿にはドキッとくるものがあり、今ので俺もアイナも砂で汚れてしまっているし、すぐにでも温泉へ座標転移《ポイントゲート》で一っ飛びといきたいところだ、が……。

「……その前に、ちょっと調べ物をしようか」

「あ、後ではするのだな……。わかった。あれだな。主君の足元に見えた矢印の描かれたプレートだろう？　あれはなんだったんだ？」

「ああ、空間魔法のレベルが上がって『加速する方向性《ベクトルアクセル》』ってスキルを覚えたんだが……」

俺がアイナの上からどき、手を引いて二人で立ち上がりながら先ほどの説明をする。

アイナが立ち上がり、お尻についた砂を払うのを見つつ、早速鑑定で調べてみる事にした。

【加速する方向性《ベクトルアクセル》

矢印の描かれたプレートを出現させる。

その上に魔力を持った物体が加重をかけると、強制的にその方向へと加速する。

加速数値は加重値と込めた魔力量と、抗魔力量によって変化する】

ええっと、ゲームでいうと強制移動の床……だろうか？

確かにさっきも矢印を思い切り踏みつけたら加速したし……。

魔力を持った物体というのは、無機物はダメという事だろうか？

んんー……上手《うま》く使えば、ダッシュ力を身に着けるのと同義になるか？

いや、普通にダッシュ力を鍛えるよりも、咄嗟《とっさ》に強制的に体を動かせる分リスクは高いが使えるかもしれないな。

アイナに鑑定の結果を説明し、試しに何枚か自分の周りに出してみる。

前後左右、上下は縦に出せばいいとして、空中にも出せる事から三次元的に三百六十度どの方向にも出す事が可能ではあるらしい。

それと、設置位置の指定にはやはり空間座標指定《エリアポインティング》が不可欠みたいだ。

「これが先ほどのスキルか……」

宙に浮く一つにアイナが手を伸ばそうとする。

「触らない方がいいぞ。加重で発動するから、多分アイナが触れてもその方向に力が働くと思う」

「なるほど……。だから主君がこれを踏むと、急加速して突撃してきたのだな」

アイナは手を引っ込めつつも観察を続けていて、試しにと落ちていた小石を拾いのせてみた。

すると、小石はプレートにのりはしたものの加速はしない。

やはり、魔力を持たない物は加速しないようだ。

「なあ主君。あの加速私でも出来るだろうか？」

「出来るとは思うぞ。俺限定って説明もないし……」

「ふむ。ならば少し試したいのだが良いだろうか？」

「ああ……構わないけど、鎧を着たままだと加重が増えて加速度もあがるぞ？」

「そうか。ならば脱いで少しでも軽くしておこう」

アイナがその場で鎧を脱ぎ始めると、中から汗ばんだインナーが現れる。

少し透けているインナーからブラの形がくっきりと見え、次はグリーブなどの細かい装備を取り除いていく。

「よし。それではあちらから行くから、足元に出してくれ」

「ああ。気をつけてな？」

「大丈夫だ。頼む」

アイナに言われたとおり、アイナの座標から算出した位置へと加速する方向性《ベクトルアクセル》を設置する。

魔力量は弱めにしてまずは程度を測ってみようと思う。

「では行くぞ。ほっ」

アイナが『加速する方向性《ベクトルアクセル》』の上に足を置くと、俺と同じように一溜《た》めしたのち、もう一方の足を前に出して前へと進んだ。

弱めとはいえ、一歩で三～四mほど進んでおり、その反動でアイナが止まるために数歩要していた。

「なるほど……。もう一度、今度は強めで頼めるだろうか？」

「あ、ああ……」

一発で移動に慣れてみせたアイナ。

少量の魔力であの移動距離にも目を見張るものがあったが、鎧をはずしたアイナが激しく動くのは夜の時くらいしか見慣れておらず、晴れ空の下でたわわが揺れる光景に目を奪われてしまった。

「じゃあいくぞー」

「ああ。むんっ！」

今度は少しだけ強めに魔力を込めて加速する方向性《ベクトルアクセル》を出現させる。

そこにアイナは足音を鳴らすかのように足を振り下ろし——

「む、主君まずいかもしれん！」

「え？」

ドーンと加速して俺へと近づいてくるアイナ。

ちょっと待った、魔力は先ほどよりも多いとはいえ、そこまで加えたつもりはないぞと思うよりも先にアイナと俺が激突する。

その際にアイナは俺を抱きしめ、地面にぶつからぬよう体を捻《ひね》ってくれたのでどうにか背中がずるむけになるなんて事は起こらなかった……。

「痛い……」

「主君すまない。思い切り踏み抜いてみたのだが……思いのほか溜めが長く、まずいと思った……の……だが……」

語尾が弱くなっていくアイナに、どうしたのだろうと顔を上げると顔が真っ赤になっている。

「おお！」

なんと今度はばっちり柔らかいおっぱいへと手がのび、上着もブラもめくれあがっていて、直接その大きく柔らかな感触を掌《てのひら》に感じる事が出来ていた。

「ひぁ！　しゅ、主君なぜ指を動かすのだ！」

「掌におっぱいがあるのなら……指を動かさないのは失礼だろう」

さっきいつでも……って言っていたしな。

それに誰も見てな、あっ……門番の狸《り》人族《じんぞく》の獣人ちゃんが俺と目が合い、慌てて見てませんよとアピールして視線を逸《そ》らしてきた。

多分接触した時の音で何事かと気になったのだろう。

顔を真っ赤にしていたんだけど、なんかごめんね。

「とりあえず、お互い砂だらけだしお風呂行こうか」

「う、うむ……。だが、その……お手柔らかに頼む……」

「また無茶な相談だな」

「む、無茶ではないだろう……っ！」

俺は座標転移《ポイントゲート》でゲートを開き、温泉へとやってきた。

すぐさま服を脱ぎ捨て、アイナの服を脱がして手を引いて温泉へ……。

「んっ……あのスキルは使いどころがあっ、多そうだな……」

「そうだな。アイナの加速は凄《すご》かったし、使い慣れたら面白そうだ」

「主君のっ、手札が増えるのは良い事だ……な。先ほどの加速は目を見張る物があったが、主君自身が速度に慣れていないのが……あっ、課題……だな……ぁん……」

「ああ。使い慣れていかないと多分無理だ……」

踏み込み速度が遅いという先ほどの悩みを解決するにはタイムリーなスキルだが、いかんせん慣れるまで鍛錬を繰り返さねばならない。

「まあ……ん……それは、鍛錬をして……使い慣れるようになればいいさ……。んふっ……それ、より……その……手を……」

「ん？」

手というと、アイナの胸を揉《も》んでいるこの手の事だろうか？

相変わらず重量感があり、張りも素晴らしい。

当然ながら、最早《もはや》多くは語る必要もない程にただ、柔らかい。

湯を浴びたせいかしっとりと肌に吸い付くようであり、その柔らかさを五指で思う存分感じる幸せったらもう……たまらぬわ！

「お、温泉の中で……そういう事はしないのだろう……？」

「そうだな。だから戯れてる」

「戯れて……それにしては執拗《しつよう》にというか、焦らすようにしているような……その……あっちには、まだ行かないのか？」

あっちと言ってアイナが視線を向けたのは、温泉にある休憩所。

少し風に当たりたいときなどに使うものだが、横になれるようにもなっているのだ。

「そうだな……もう少し温まってからでもと思ったんだが、もう行くか？」

俺がそう聞くと返事はなく、顔を真っ赤にして頷《うなず》くのについ口元が緩んでしまう。

ああ……アイナの照れた顔は可愛いなあ。

大胆と恥じらいの割合が素晴らしい……。

さあ、休憩所で休憩にならない休憩をしようじゃないか。

昼間の外で二人きり、解放感の素晴らしい環境で、たっぷりと楽しんだ後は、寄り添いながら再度温泉に浸《つ》かってゆっくりと疲れを取るのであった。

第二章　お祭り開催

（I wish）


天気は快晴、太陽は燦燦《さんさん》と輝いており、これから雨が降る事なんてまずありえないような気持ちのいい空を見上げる。

「んんー！　いい天気だなあ」

お祭りに出すわたあめの魔道具が完成し、無事にお披露目会も終える事が出来た。

まるで雲を食べているかのようだと、驚いて甘さに喜んでいたソルテ達《たち》を見て、間違いなく成功するだろうと確信を持ち、当日に臨んだわけだが、当然の如《ごと》く準備がある。

「おーい！　そっち運んでくれー！」

「材料まだ届いてないぞー！」

どうやらどこもかしこも大忙しで、眺めているだけであと少しで祭りが開催されるのだと実感がわいてくるな。

「主。まだ準備終わってない」

「そうっすよー！　配置とかちゃんと考えないと、大変な事になるっすよー！　これどこ置くんすかー？」

「悪い悪い。今やるよ」

いかんいかん。重いものを運んでもらっているのだから、しっかり指示くらいはこなさないとだよな。

実際のお祭りのような感じじゃあ追いつかないだろうし、作業場と受付で分けないとだな。

「アイナ、そこはもう少し右で頼む」

「ここを通れるようにするのだな？」

「旦那様。この小さいのはこっちでいいの？」

「ああ。たぶん子供達がやりたいっていう事になるだろうからな。そっちに小さめの体験用も用意しようと思ってさ」

「なるほど……それは喜びそうだな」

「ええ。きっと喜ぶでしょうね」

子供の頃、お祭りで見ていて俺もやりたい！って思ったものな。出来なかったけど。

当然あっちは商売で、商売道具を子供に触らせるわけにはいかないってのは大人になればわかるんだけどさ。

子供の頃の憧れって、叶《かな》うとやたら嬉《うれ》しいんだよな……。

だから、やってみたいと言う子がいたらそれを叶えてあげるのが俺のすべき事だろう。

「主様ー！　追加のザラメ預かってきたわよ」

「おーう。魔法の袋に入れといてくれ！」

「はーい」

「ご主人様。木の棒も入れてよろしいですか？」

「ああそうしてくれ。皆、休憩の時には袋を残る人に預けるのを忘れるなよ？　あと、使う分は出しておいて補充も忘れないように！」

「「「「「はーい」」」」」

よしよし。着々と準備は整っていっているし、一応魔道具が正常に動くか試しにいくつか作っておくか。

「やっほーお兄ちゃん。準備はどうだい？　万全かい？」

……ナイスタイミングだなオリゴール。

わざわざ試作を作るタイミングで来るなんて、もしかして狙って来たのではなかろうか？

「いやあ、それにしても晴れたねえ。良かった良かった」

「いいのか領主様？　開催日だってのに、こんなところにいて」

「始まる前くらいは好きなところにいさせてくれよー。来賓の接待でお祭りの最中は自由なんてないんだぜえ……」

へえ。来賓も来るのか。

って、そういえばシシリア様も参加するって言ってたな。

他にもお偉いさん方も色々来るわけか……それはだるいな。

「旦那様。これはどこに置けばいいの?」

「やあやあ。君がお兄ちゃんの所の新しい子だね!」

「えっと……妹……さん?」

「違う……こいつが勝手に呼んでるだけだよ。こいつは領主のオリゴール」

「領主様……」

「てへっ! 領主だよ!」

領主と聞いて、まず思い浮かばないような姿だろう?

でもこいつは本当に領主なので、からかってるの?って顔を俺に向けるのはやめてください。

「ちょっと領主様! 主様に絡まないでよ。今忙しいのよ!」

「酷《ひど》いなソルテちゃん……。僕だって貴重な時間を割いて会いに来ているんだから、少しくらいいいじゃないか! 大丈夫! お祭り開始はボクの一存だからお兄ちゃんのお店の準備が整うまで待ってあげるよ!」

「あ、本当に領主様なのね……」

「だからそう言っただろう……」

「だって、旦那様の周りで起こる事は信じがたい事ばかりだから、何が冗談なのかわからないのよ……」

「そうだねえ。お兄ちゃんはなかなか奇天烈《きてれつ》な人生を歩んでいるからねえ」

奇天烈な人生って、そんなでもないだろう。

いや待てよ？　そもそも異世界転移して流れ人な時点でなかなか奇天烈なのでは？　奇想天外というやつなのでは？

「さて、それでどうだい？　ボクが頼んだお菓子は出来たのかい？」

「あー……まあ出来たよ。これから試しに一つ作る予定だったんだが食べるか？」

「いいのかい!?」

「だって、忙しいんだろう？　祭りを回れるかどうかもわからないいんじゃないか？」

「ううう……お兄ちゃん好きぃ……。いつでもボクを連れ込み宿に連れて行ってくれてもいいんだぜ！　さあ、抱いてくれ！」

「お断りいたす」

「なんでだよっ！」

なんでも何もいつも通りだろう。

いつもちゃんと断っているから、ミゼラは俺をロリコンを見るような目で見ないように。

「ほら……これ食べてさっさとお帰り」

「わーい！　なにこれ！　甘い香りだー！　しかもふわっふわだよ！」

試作の出来は良好。

練習の成果もあって元の世界の屋台で売っているものよりも大きな物が出来上がっていた。

「あら領主様。美味《おい》しそうですわね」

「ん。ああメイラちゃん。ありゃ、君もずいぶんお疲れだねえ……」

「私が忙しいのは準備だけですから……。もうお祭りの仕事はないし、今日は楽しませてもらいますわ……。でも、始まってすぐに少しだけ休みますけれど……」

メイラも目の下のクマが酷い……。

普段のメイラならば気丈に振る舞い、メイクで隠しそうなものだがそんな暇もなかったのだろう……。

メイラにも試作品をあげると、嬉しそうに受け取って貰《もら》えたよ。

「はぁぁ……疲れた時には甘いものですわね……。ザラメがまさかこんなお菓子になるなんて……。期待通り。面白いですわね……」

甘い綿菓子を幸せそうに食べるメイラ。

ザラメの件でも相当お世話になったし、今度温泉にでも連れて行ってやろう……。

空間魔法の存在がばれたら色々まずそうではあるが、ダーウィンに知られている以上、メイラにも知られている可能性は高いだろうし、今はそれよりもこの子を癒《いや》してあげたい……。

フルマッサージ付きのエステコースを体験させて差し上げたい。

施術師は俺だが。

「そういえば、良かったのか？　こんないい場所で……」

俺達の露店の場所は噴水のある広場。

東西南北に延びる大通りの終着点であり、恐らく人が一番集まるであろう目立つ場所だ。

「勿論《もちろん》ですわ……。皆、貴方《あなた》が作るお菓子を楽しみにしていますもの。スペースも十分に用意いたしましたので、存分に腕を振るってくださいまし」

「そうだよそうだよー！　あ、そういえば孤児院の子達が出すお好み焼きってのもお兄ちゃん発案なんだろう？　そういうのは先に言っておくれよ。人が集まるだろうから、場所の調整が大変だったんだぜ」

「私が！　ですわよ……。はあ……代わってくださった方がお優しくて良かったですわよ。孤児院の子達ならって……元々の場所も悪くはありませんでしたけれど、普通は断られますわ」

「ふふふーん。まあ、ボクの領民だからね。優しくて当然さ！」

へえ……って事は、あいつらもこのあたりにいるんだな。

ええっと……お、反対側か。

隣は……うっ……キャタピラス焼きか……。

そうだよな。特産品だもんな……よし。あっちを見る際は視界に入らないように孤児院の子達の方だけを見よう。

「さて、それじゃあボクはもう少し見回ってから開会宣言でもしてくるよ。わたあめご馳走様《ちそうさま》！美味しかったよ！」

「私も失礼いたしますわ……。あ、このお祭りを盛り上げてくれたお店には景品もありますから、存分に盛り上げてくださいまし。それでは……私は寝ますわね……」

「ああ。二人共またな」

ふらふらとした足取りのメイラを支えながら歩くオリゴールを見送り、うちの店の準備は整ったし、開会まで休憩して――

「「いたあああああああああ！！！」」

突然叫び声を聞き、そちらへと顔を向けると知った顔の冒険者がこちらを指さして叫んだようだ。

俺？　俺かな？　あ、俺なのね。

ぎゅっと手を握られてしまった。

なんだろう？　告白でもされるのだろうか？　ないか。

「お願いしますううう！　尻尾綺麗《きれい》にしてくださいいいい！」

「この後デートなんですうう！　クエストに出かけててお兄さんにやってもらえなかったんですうう！」

必死！　もう凄《すご》い必死！

しかも数がどんどん増える！

皆胸の前で指を組んでお願いポーズでこちらを見つめていて、その本気度が窺《うかが》えてしまった……。

「……流石《さすが》にここでやるのは衛生面的に駄目だから、一度俺の家か冒険者ギルドに行く事になるよ」

「「「っ！　はい！　ありがとうございます！」」」

ってなわけで、休憩返上……。

しかも、超特急で仕上げたのでもふりを楽しむ暇もなく、疲労がたまっただけだった……。

だが、冒険者ギルドにいた奴《やつ》らには露店の宣伝が出来たし、女の子からは感謝され、艶《あで》やかな声は聞く事が出来たのでよしとしよう。


ふうっと一息ついて、ようやく露店テントへと戻ってこれたので椅子に座って休む事にする。

流石に少し疲れたかな……でも、開会式には間に合ったみたいだ。

「んっ、あああ……」

思い切り腕を伸ばして胸をはり、少し凝った肩に手を置いて肩を回してほぐしていると、そっと肩に手を添えられ、振り向くとソルテがいた。

「主様大丈夫？　あの子達ったら……あとでお灸《きゅう》を据えておかないと……」

「まあまあ。やっぱ恋する女の子は可愛《かわい》いねえ。皆目を輝かせて出て行ったよ」

あのあと恋人と待ち合わせでもしていたんだろう。

しかし、相手の男はあそこまで思われて幸せだろうよ。

「恋する女の子ねえ……。なら、私も可愛い？」

「……そういうところがな」

ぐいっと体を寄せさせて、頭を撫《な》でる。

本当は尻尾を撫でたいところだが、毛が抜けて混入でもしたら大変だからここは我慢であるが、後で気づいたが髪の毛も変わんないよね。

「わふ……いきなりはやめてよ……」

「とかいいつつ尻尾は喜んでるみたいだけどな」

ぶんぶんと振られる尻尾によって、地面の砂が小さく飛ばされている。

相変わらず自分の意思では止められないようで、必死に手を伸ばしているがお尻を押さえているようにしか見えないんだよなあ。

「主君おかえり。すまないな。うちのものが……」

「なあに。ソルテの可愛いところも見れたし、良い事尽《ず》くめだったよ。それより、だんだんと人が集まってきたな……」

「ああ。そろそろ開会式だからな。普段ならばあの混雑の中で領主様の挨拶を聞くんだが、ここでも十分見えるようだな」

「ラッキーだな。じゃあ座ったまま見させてもらうか」

今座っている位置からでもステージは十分に見えている。

それに、オリゴールには逸品物のオリジナルマイクを渡してあるので声も届くだろう。

昨日の夜作った急ごしらえの特製品だが、上手《うま》く作用してくれよ。

そんな事を考えていると時間になったのかオリゴールがステージへと姿を現す。

こんな時くらいは凜々《りり》しい顔をするのかと思ったが、そうでもないようだ。

『んん、あーあー。皆、聞こえているかな？』

そんなオリゴールの問いかけに、皆が大きな声で答えるとオリゴールは満足そうにうなずいた。

『それでは、諸君。挨拶は手短に済ませようかな。ボクも長い挨拶なんて大嫌いだしね。まあでも、まずは皆のおかげで今年もお祭りを開催する事が出来たよ。ありがとう。さあ、大いに騒ごう！ 食べよう！ 飲もうじゃないか！ ただし、無法は駄目だぜ？ お祭りに水を差す奴らには厳罰だ！ それを忘れずに、楽しんでくれたまえ！』

パチパチパチと拍手が沸き起こり、男達がうおおおおっと叫ぶ。

皆、この瞬間を待ちわびていたようだ。

『さあ、アインズヘイル記念祭を始めよう！ お祭りは二日間あるんだ。一日目でばてるんじゃないぞー！』

『『『『おおおおおおー！！！』』』』

これにて、お祭りが始まったわけだ。

それにしてもいい挨拶じゃないか。

オリゴールの事を少し見直しておこう。

「さあ皆、働こうか」

「ん」「はい！」「ああ！」「うん」「はいっす！」「ええ」

……と、気合を入れて望んだのだが……。

「なんだ……意外と暇だな……」

「まあ、開催したてではまず腹に溜《た》まるものの方が人気になるさ。ほら」

アイナが視線を促したのは孤児院のお好み焼き店。

ものすごい行列が出来ており、子供達は目を回しつつも必死に楽しそうにそれぞれの仕事をこなしているようだ。

シスター達の役に立ちたいって思いがあるからか、お客さんが沢山来てくれてとても良い笑みを浮かべている。

その笑顔がまた客を呼ぶんだろうなぁ……。

「あの匂いには……抗《あらが》えない」

「だな。大人気みたいで良かったよ」

どうやら嬉しい悲鳴をあげているようだ。

こちらは……まあぼちぼちといったところか。

わたあめじゃあ腹は膨らまないし、甘いデザートと考えれば後回しになるだろうしな。

『さあさあアインズヘイル名物のキャタピラス焼きはいかがだい!?　今は二十人待ち、これからもっと増えるから、早めに並んでおいた方がいいよおおお！』

……うえ。

キャタピラス焼きも大人気だな……。

アインズヘイル名物なのは間違いないらしいので、やはり外から来た人はこれを目当てに来るんだろうなあ……。

「あのー。こちらは何を売っているんですか？」

「ん？　ああいらっしゃい。うちはわたあめ屋だよ」

「わたあめ……聞いた事がありません。おそらく綿のような飴《あめ》なのでしょうけど……一体どんなものなのでしょう。とても気になります」

目の前に現れたのは長めの耳が特徴的な小さな獣人の女の子。

なんというか、年相応に目を輝かせてはいるのだが、わたあめ機を見ながら顎に手を当て、ふんふんと観察しているようだ。

「チェエェスウウウウ！　キャタピラス焼きはいいのデェエエスカァ？」

「はい師匠。私はこちらの方が気になります」

「ふぅうぅうむ！　これは……オゥ……見た事がない魔道具デェエス！」

中のわたあめ機を覗《のぞ》き込むように見るおじさん……。

ヤーシスと同じくらい……いや、この人の方が少し年上か？

まとめている。

片眼鏡《モノクル》をかけ、両端が跳ね上がったカイゼル髭《ひげ》で、髪はおでこを出して前髪を後ろの方に流して

普通に考えれば紳士なのだが、口周りがなにかのたれでべたべたで、チェスと呼ばれた女の子に首を下げさせられて口を拭ってもらっているのだが……大きいお子様のように感じてしまう。

「ほうほうほう………なぁーるほど、回転球体と火の魔石の応用のようデェェス。無数の穴からザラメを溶かした液を遠心力で噴射させて綿のように細くするのデェェスネェ？」

「そうみたいですね。それにしても……回転球体を加工しておきながら歪《ゆが》みがないなんて……それにこの穴の均一さ……匠《たくみ》ですね」

「経験からなる技でしょうネェ！　ふむ……素晴らしい腕前デェェス！」

二人が店先で騒ぐもんだからなんだなんだと近くにいた人達が遠巻きにこちらを見始めていた。

良いのか悪いのかはわからないが、注目は得ているようだ。

「師匠も食べますか？」

「勿論デェェス！」

「では、二つお願いします」

「あ、はい。では１２００ノールです」

ミゼラがお金を受け取り、おつりを渡している間に俺は準備を始める。

棒を取り出してわたあめ機にざらめを投入し、作り始めたのだがこの二人はその様子をじっくり

と見つめていた。

ちなみに一つ600ノール。

ザラメが元の世界よりも高くて利益がほぼでないが、まあ今回は祭りを盛り上げて楽しむって事で利益よりも販売数を取ったという訳だ。

「おお……熱の加減、回転速度……調整も完璧のようです。魔力の変換も……効率的ですね」

「チェェェスゥ！　よく見て勉強しておきなさぁい！　この魔道具を作った錬金術師は、貴方よりも数十段上の腕前デェェェスヨ！」

「はい師匠！　わかってます！　見れば見るほど、所々の気配りに感服します……」

じぃーっと見つめられながらわたあめを作る事のなんたる気まずさか……。

しかもわたあめではなく、稼動しているわたあめ機に注目しているのだから困りものである。

「はい。出来上がり。どうぞお客様」

「ありがとうございます！」

「ありがとうございマァァス！」

二人はわたあめを受け取ると、口ではなくまず目を近づけた。

「ワオ……。随分と細いデェェスネェ……」

「凄いです師匠。ふわっふわです」

「オゥ、チェェスゥ！　師匠よりも先に食べるんじゃありまセェェン！」

ちょ、おじさん!?

チェスちゃんはきっちり指でとって食べたのだが、おじさんの方はわたあめに顔を突っ込んでもごもごと動き始めた。

火傷《やけど》する程熱くはないはずだが……大丈夫か？

「プハァ。これは……甘いデェェス」

片眼鏡にべったりとついてるよ……。

「甘々ですねぇ……。それにふわふわで、舌の上にのった瞬間に溶けてしまいました！」

「その食感と触感のための細さのようデェェスネェ。脳を使った後に良さそうデェェス。美味しいデェェス！」

デスデスいちいち大げさなおじさんのおかげで集客効果は期待出来そうだ。

遠巻きに見ている人達からの視線が、奇異なものを見る目からこのおじさん達がいなくなり次第並ぼうという気持ちに変化しているのが見て取れる。

「師匠。おひげと片眼鏡についてます」

「オゥ。失礼したデェェス」

またしてもお弟子さんに拭いてもらう師匠さん。

なんだろう。生活能力はなさそうだな。

「しかし、この繊細にして風変わりで大胆な錬金技術……やはり……」

「そうデスネェ……。間違いなく、『バイブレーター』と『マイク』の製作者デス。ねえ、お兄さん？」

途端に、おじさんのまとう空気が変わり、真《ま》っ直《す》ぐに俺を見る双眸《そうぼう》が鋭くなる。

口元はニヤリと笑ってはいるが、雰囲気は今までの愉快なおじさんではない。

どちらかといえばヤーシスやダーウィン、オリゴールが真面目《まじめ》に仕事をしているときのような視線の鋭さだ。

その異様な気配にシロが俺の前に立ち、ソルテやアイナが両脇から俺を隠すように前に出る。

「ふふふ……」

机の向こう側で不敵に笑う男が俺のほうへと近づいてくるにつれ、シロ達が警戒を強めていく。

が、キラリと何かが光ったような気がした瞬間に途端に男の姿が消えた！　と思って数秒が経《た》つと、突然目の前に現れ――思い切り抱きつかれた。

「ようやくお会いできマァァァーシタ！　我が今生のライバルデェェェス！」

「ん」

「ちょ……」「なっ……」

「ちょっと待てえええええ！」

突っ込みどころが多すぎる！

何で消えた？　どうやって現れた？

まさか、空間魔法か!?っていうか敵なのか!?

いや、シロはナイフをしまっているって事は敵意はないんだろう。

アイナとソルテはまだ武器をしまわず警戒したままだが、俺も状況がわかっていない！

「んんーキスしてやるデェス！　唾をつけておきマァアス！」

「やっめっろおおおおおおお！　おじさんにキスされる趣味はねえええええ！」

「ん。それはだめ。斬るよ？」

「オゥ、リトルガール。怖いデェェス……。でも、さっきは斬らないでくれてありがとうデェェス！」

「シロは見えてたの!?」

「ん。目を見て、好意の目だとわかったから斬らなかった。でも、主は女の子が好き。だからキスは駄目」

「ワォ……『光闇迷彩《ライトイリユージョン》』を破るなんて驚きデェェス……。でも、わかったデェェス！　我慢しマァアス！」

「いや、わかったなら離れてくれ……」

いつまでもおじさんに抱きつかれている趣味などない！

あああ、せっかく宣伝になっていたのに、遠巻きに見ていた人の目がうわあ……になってる。

そりゃそうだ！　テントの中でおじさんが男に抱きついているのだからそうなるさ！

「師匠！　お店の中に入ったらいけませんよ。ご迷惑をおかけしていますよ。ほら、早く出て！」

「オゥ、チェエス……。今ワタシの喜びがどれほどのものなのか、わからないのデェエスカァ?」

「わかりませんよ。いいから出る！　もうお部屋を片付けてあげませんよ！」

「オゥ……わかったデェエス。戻りマァス……」

ようやく離れてくれた……。

しかも帰りは机の下を這《は》いずって出るんだな……。

あれ、なんかもう一箇所這いずった後があるんだけど……。

……ああ、『光闇迷彩《ライトイリユージョン》』って言ってたって事は、来るときも這いずってきたのか……。

「師匠が本当に失礼しました!!」

きっちりかっちり頭を下げる弟子のチェスちゃん。

だが、師匠の方は暢気《のんき》についた砂を払い、上機嫌を隠そうともしていなかった。

「エリオダルト師匠。仮にも爵位を持つ方が何をしているんですか……。領主様もおっしゃっていたでしょう?　祭りに水を差すなと」

「それはそうデェスが……。出会えた喜びが勝ってしまいましたァ……」

しょぼくれるエリオダルトというおじさん。

だが、俺はおじさんがしょぼくれている姿ではなく、エリオダルトという名前に何か引っかかっていた。

なんだったっけか……うーん。

エリオダルト……。エリオダルト……。あぁーどこかで聞いた気がしなくもないんだけどまったく思いだせん！

この喉奥に小骨が刺さったような感覚嫌いなんだよなあ。すっきりしたい……。

『お、おい……エリオダルトって……』

『ああ。王国屈指の錬金術師だよな？』

ああぁ！　そうだ！　隼人《ハヤト》が言っていたんだ！

確か、王国の筆頭錬金術師で、伯爵で、あの空気清浄機を作った錬金術師の名前だ！

ナイスだ周りの人。ああ、すとんとはまってスッキリした！

「あなたが、あのエリオダルトだったのか」

「オォ！　ワタシの名前を知っていたのデェエスか！」

「ああ。あなたが作った空気清浄魔道具を使わせてもらってるよ」

俺はエリオダルトの手をぎゅっと摑《つか》み、握手を試みる。

すると、エリオダルトも子供のようにその場で何度も跳ねながら満面の笑みで握手に応えてくれた。

「アレをお持ちなのデェスか!?　まだ一般には出回っていないはずデェスガ……。オゥ！　この街ならダーウィンデェェスネェ！」

「そうそう！　ダーウィンから家を譲り受ける時に貰ってさ！　アレのおかげで気持ちよく快適に錬金をさせてもらってるんだよ！　いやあ、アレには感動した！」

「それはよかったデェス！　ワタシも、貴方のバイブレーターのおかげで肩コリに悩まされなくなったのデェェス！　私もあの、緻密な組み合わせによる振動数の増加は驚きマァした！」

おお、それはよかった！

稀代《きたい》の天才の役に立ったのなら嬉しいもんだ！

っと、相手も同じような事を思っているらしい。

男二人が手を結んだままニコニコと喜んでいるという事実は放《ほう》り、この出会いに俺も少なからず喜んでいた。

「あの、ご主人様……」

「師匠、まずいです」

「ん？　どうした？」

「なんデェス？」

いったいなんなのだろうか。

せっかく、有名な錬金術師に会ったのだ。

話したい事が、聞いてみたい事が山ほどあるのだが。

「……あー……すみませんが、そろそろよろしいでしょうか？　人の流れを乱さないでいただきたいのですが……」

あ……。

いつの間にか集まっていた鎧《よろい》を着た兵士達。

今日はお祭りの警備のために、各所に散らばっており問題を解決する役目をおっていたはずだが……なるほど。ここが問題の中心になっていたのか……。

「し、失礼しました！　師匠！　行きますよ！」

「なんデェスカァァ！　ワタシと、マイフレンドの仲を裂こうというのデェェェスカァァア！　チェエエエエスゥゥゥ！　まだ話したい事が沢山あるのデェェェエエエス！」

それは俺も同じ思いだが、流石にこれはまずい……。

「はいはいはい！　ほら、今日はご挨拶は出来たのですから、また今度でいいじゃないですか。捕まっちゃいますよ！」

「へぶし、ちょ、引きずらないで！　マイフレェェェエンド！　アイ、カム、バァァァァァァァック！」

チェスちゃんがテント内へと入り、エリオダルトの足を持って引きずって行く。

エリオダルトは俺に手を伸ばし、とても悲しそうな顔で去っていった。

俺はその姿が見えなくなるまで小さく手を振って見送り、その後は全力で腰を九十度曲げて兵士さんに頭を下げる。

「ご迷惑おかけしましたっ！」

「あー……いや、解決したんならいいんです。だけど、気をつけてくださいね……」

「はいい……すみませんでしたっ！」

ふう……何とかなったぜ。

まだお祭りが始まってすぐなのに、営業停止処分を貰ってしまうところだった。

だが、仮にその処分を受けてしまっても仕方ないと諦められるくらいの出会いではあったな。

王国筆頭錬金術師エリオダルト……俺よりも遥《はる》かに凄腕《すごうで》の錬金術師であるだろう彼と知り合いになれたのは、今後の俺にとっては間違いなく良い出会いだったな。

「何を騒いでいる露店があるかと思えば、主さんのお店でやがりましたか」

「テレサ？　いらっしゃい」

小さな体の聖女テレサ。

独特な話し方は相変わらずのようであるが、今日は巨大な十字架の武器は持ち歩いていないらしい。

まあ流石にあんなでかい物をこんな人混みの中で持っていたら怪我《けが》する人が続出だろうしな。

「私服じゃあないみたいだが、今日は休みなのか？」

「そうでやがりますよ。この服は普段着みたいなもんでやがります。主さんがお店を出すと言っていたからせっかくだし来たでやがりますよ。それにしても、予想より暇そうでやがりますな」

「隊長～。だから言ったじゃないですか～。お菓子ですし、開始から急がなくても大丈夫だって。それを隊長は急がないと売り切れになるかもしれないでやがりますって聞かないんだか、ごるぇっ！」

「……うるさいでやがりますよ。副隊長だって、絶対に行きましょうと騒いでたでやがります」

顎をガンっと殴られて、口を押さえてもがき苦しむ副隊長。

こうなるとわかっていただろうに、本当にぶれないな。

「うごおおお……舌がぁぁ……喋《しゃべ》ってるとひはやめてくだふぁいよ！」

地べたに座ったまま舌を少しだけ出して涙目でテレサに訴える副隊長。

俺から見たら、首から上が吹き飛ぶようなショートアッパーのように思えたのだが、流石は神官騎士団の副隊長だけあり、ステータスも高いため大したダメージではないようだ。

で、まあ……そんな事よりもだ。

「あー……副隊長。なんだ……その……やっぱり露出に目覚めたのか？」

「はひ？」

俺の視線の先。

副隊長が俺の視線を追って、自身の股間周りに目を向けると……見事なまでに足を開き、深いスリットのせいで下着が丸見えになっている。

以前、王都の大聖堂で確かに副隊長の服をテレサと一緒に切り取り改造を施したが、先日俺の家に訪れた際は直っていたはず。

それをまさか、祭りの日に合わせて自分で改造を施してきたのだろうか？

人の多いお祭り。目立つ修道服。視線を集める自分という環境の中で、深いスリットを入れて歩くたびに太ももを上の方まで見せる事に快感を覚えてしまったのだろうか。

「やっぱりってなんですか⁉　これは違うんですよ⁉　隊長です！　隊長が悪いんですよ！　隊長が神聖な修道服にまた鋏《はさみ》を入れたんですよ！」

「それは副隊長が私に悪戯《いたずら》をしたからでやがりましょう。わ、私の下着を……」

「全部Ｔバックにしたのは謝ったじゃないです、ぐぁば！」

「だから……そういう事を大きな声で言うんじゃないでやがりますよ……。仮にもシスターでやがりましょうが」

「おごご……うう、痛い……」

またしても顎にショートアッパーを貰い、今度こそ首を持っていかれたと感じたのだが、どうやらまた大丈夫だったらしい。

頑丈だな副隊長。

「主さ〜ん。舌ちぎれてないれふかぁ……？」

んあーと口を開けて舌を伸ばし、俺に見せてくる副隊長。

見た感じ大丈夫そうだが……歯並びいいなあ。

「……どうしました？　私のお口をそんなにじっと見て。もしかしてエッチな事考えてます？」

「考えてねえよ……」

しかし本当に勿体《もったい》ない。

おっぱい、小さめのおっぱい。

腰、細すぎず引き締まっている。

お尻、ボリュームはある。

足、五段階で四くらい。

なんというか、どれも素晴らしく光る点のあるＢＯＤＹなのに……中身が……。

「でも念入りでしたよ？　ほらほら。どんな事をしようと思ったんですかぁ？　このぷるんとした唇ですか？　それとも、舌ですか……？　べぇ……」

またしても挑発するように舌を伸ばしてくる副隊長。

人差し指を口元に当て、シスターらしからぬ妖艶さを見せては来るものの……こんなんなんだもんなあ……。

いや、まあ少しだけエロイなとは思ったが、その挑発した顔は少しむかつくな。

「……てや」

「ふひゃあああ！　なんで舌をつまんだんですか!?」

「いや、結構舌長いんだなーと思って」

「長かったらつまむんですか!?　蛇人族の人とか出会ったら皆つまむ気ですか!?　絶対ダメですよ！　怒られちゃいますよ！」

へえ、蛇人族って皆舌長いんだな。

やっぱり、下半身が蛇のようになっているのだろうか？

その場合は服とかどうするのだろう？

色々大事な部分が隠しづらそうだよなあ。

「ああ、これはもう責任を取って頂かないと！　乙女の舌を触るだなんてこれは天罰級ですよ！」

「悪かった。じゃあ、わたあめを大きくしてあげよう」

「そんなんで償えるとでも!?　下着も見たくせに！」

「下着……？」

「え？　なんで疑問形なんですか？　え？　まさか？　私ちゃんと穿《は》いて……って、穿いてるじゃないですか！　焦ったあぁぁぁ！　穿き忘れたかと思ったああぁ！」

そりゃあ穿いているだろうよ。

その服で穿き忘れてたらスースーして気づかないはずもないだろうに。

「ほら、テレサ。特別大きくしておいたぞ」

「ありがとうでやがりますよ。おお、凄い大きいでやがりますな。ふわふわで……わあ、触ると少しくっつくでやがります！」

「元はザラメだからな。あんまり風に当てると、小さくなっちゃうぞ」

「おお、では熱いうちにいただくでやがりますよ。あむ。ん……んふふ。んんー甘いでやがりますなぁ……んふふふ」

指についた僅かなわたあめをちゅぴちゅぴと舐《な》め取ると、大きくちぎったわたあめを口に運び、一口では食べきれなかったせいかはみ出たのをまた口へと運び入れていくテレサ。

口の中は甘みでいっぱいとなり、好きな人には幸せな瞬間となっている事だろう。

「んんーっんふ。んふふふ」

どうやらテレサも甘いものは好きなようだ。

楽しそうに、そして美味しそうな笑みを浮かべながら目の前のわたあめに目を光らせて喜んでいる。

テレサは聖女とはいえ、年を見る限り未《ま》だ美少女だ。

美女ではなく美少女だ。

今のわたあめを美味しそうに食べる姿は、年相応の美少女らしい表情であった。

そして、大きめに作ったのにもかかわらずあっという間に食べ終わり、木の棒についたわたあめまできっちりと食べてくれた。

「はぁぁぁ……これぞ甘味！って感じでやがりましたね。シンプルゆえに、最大級に楽しめたでやがります」

「美味しかったなら良かったよ。あ、テレサ」

「勿論美味しかったでやがります！……う？　ん、んむ」

頬についてしまっていたわたあめをとってあげる。

これが髪についたら流石にベタベタになってしまうからな。

「あ、ありがとうで……やがりますよ……」

「どういたしまして」

「どういたしまして。じゃないんですよおおお！　何甘ったるい空気を醸し出しているんですか！　私放置ですか!?　私のパンツ問題はそのまま放置ですか!?　以前はもっと食い入るように見ていたじゃないですか！　私のパンツを覗いていたじゃないですかぁぁあぁ！」

それは大聖堂の時の事を言っているのだろうか？

残念ながらアレは見えそうで見えないというシチュエーションを楽しんだ結果見えてしまっただけなのだ。

大体いい大人の俺がパンツ一つで興奮するなんて……いや、場合によるな。

タダの布切れには興味がないが、夜にウェンディが部屋を訪れてきた際に下着姿だったとか、ネグリジェに透ける下着姿だとかとても興奮する。

下手な裸よりも、視覚的な楽しみがありつつ、脱がせる時の宝箱を開けるようなドキドキ感など、下着の役割はとても多くて重要だ。

一概には言えないが、先ほどの副隊長のようにがばっというのはまた別の話だが。

「ああもう！　せっかく私は貴方に頼まれたものを何とか手に入れてきたというのに！　こういうぞんざいな扱いをするならば、お渡ししてあげないですよ！」

「お。手に入れてくれたのか」

「ええ。ええ。手に入れましたとも。でも、差し上げません！　もっと私に優しくしてくれないと差し上げませんよ！」

優しく……って言われてもな。

優しくされるだけの行動をしてはくれないだろうか……。

「えっと……可愛い下着だったぞ？」

「優しさの方向性が違うっ！　下着を褒めて欲しい訳じゃあないんですよ！　これでは渡せませんねええ！」

ええ……可愛い下着だったから褒められたかったんじゃないのか。

「……商品を渡さないのであれば、代金は副隊長持ちでやがりますが、大丈夫でやがりますか？」

「ぐっ……。はぁぁ……わかりましたよ。はい。こちら頼まれていた魔法の袋（中）です。出品予定であった冒険者さんに先んじてお話を通しまして、料金を提示したところご納得いただけました。きちっと耳を揃《そろ》えて出来れば私へのサービス料を込めてお支払いください」

「ありがとう。勿論手数料は払わせてもらうよ」

副隊長から魔法の袋（中）を貰い、その分の料金に多少上乗せして渡しておく。

これで魔法の袋は（小）と（中）で二つになったので、アイナ達のクエストや、ウェンディ達の買い物が楽になる事だろう。

「別に下着を褒められて今日は少し気合を入れた奴だったから嬉しいとかそういう訳ではないですからね！　本当にただ魔法の袋（中）の代金を払うお金がなかっただけですからね！　勘違いしないでくださいね！」

ああ、うん、まあそうだろう。

ところで……後ろを振り返った方が良いと思うぞ？

「……公衆の面前で下着下着と……ちょっと来てもらえるかな？」

「へ？　ちょ、あの!?　私怪しいものではないんですけど!?　神官騎士団の副隊長をやっているものなんですけど!?　あ、ちょっと！　まだ食べてないのに！　アーッ！」

肘をがっちりと固められ、兵士さん二人がかりで運ばれていく副隊長。

「……また君かね」

「すみませんすみません……」

「頼むよ……本当に」

「すみませんすみません……」

ぺこぺこと頭を下げる。そりゃあもう申し訳ない気持ちの分だけ心を込めて何度も何度も兵士さんがいなくなるまで下げ続ける。

「……なんか、申し訳ないでやがります」

「いや、テレサのせいじゃないしな……」

「それじゃあ、私は副隊長を迎えに行くでやがりますよ」

「ああ。そうだ、これ持って行ってやってくれ。風に当たると小さくなるから、スライムの被膜で作った袋にいれといたから」

持ち帰り用に使うにはコストがかかりすぎているので販売には使わないのだが、効果は試してある。

「副隊長にでやがりますか？　優しいでやがりますね」

「楽しみにしてくれていたらしいしな。よろしく頼む」

「わかったでやがりますよ。それじゃあ、この後も頑張るでやがります」

で、気を取り直して露店を再開する事にしたのだが……。

騒ぎで注目を浴びたせいか、有名なエリオダルトと聖女テレサのおかげか、わたあめの珍しさのせいかわからないが、ちょっと予想以上にお客さんが多い！

もしあまりお客さんが来なくても寂しいからと、冒険者ギルドに大々的に宣伝をしていたのもあってか、冒険者が特に多い。

「おおお！　兄ちゃんのお菓子の噂《うわさ》は聞いていたが、これが異世界のお菓子かー！」

見知った顔の冒険者がやってくると声がでかく注目を得てしまい、手に持っているものは何だと更に列に人が増えた！

というか、冒険者は総じて声がでかいんだよ！　だからそれがずっと続くのだ。

「最後尾はこちらじゃないっすよー！」

「ん。列の最後尾はこっち。……先頭から二十人。シロについてくる」

と、レンゲとシロが列整理をしてくれている。

以前会社のオタ先輩のサークルの手伝いで行った夏と冬に行われる某最大級の同人誌即売会の人気サークルのように看板を用意し、列が長すぎて人の流れを遮断してしまうので、列を分けて並んでもらっているのだ。

更に……。

「んんー！　甘い！　美味《うま》い！　ふわふわじゃああ！」

……アイリス様ご来店です。

しかも、わざわざスペース内に椅子を持ってきて座ってわたあめを食べています。

一応気を使ってか、一番後ろの邪魔にならない位置なのだが……さっきからうるさい。

一口食べるたびに喜びの声を上げるから、お客さんが驚いている。

アイリスの姿を見て、二重に驚いているのだろうな。

「むふふ……アヤメも食べてみよ。面白い食感じゃぞ！　口に入れるとすぐに溶けるのじゃ！」

「私は……仕事中ですから」

「なに。ここには紅い戦線《レッドライン》とシロもおるのだ。少しくらい気を抜いても問題ないわ。ああ、シシリア。貴様にはやらんぞ」

……そう。あとシシリア様もいらっしゃるのです。

二人して椅子に座って優雅なのです。

王族と皇帝の姉君。

普通は来賓席でお店に並ぶ事もなく優雅にお祭りを楽しむものではないのでしょうか？

もしかしてオリゴールがここを来賓席にでもしたんですか？

だとしたらあいつ……後で覚えてろよ。

「今作ってもらっているから必要ないぞ。しかし、お主はうるさいな。もう少し静かに食べられぬのか？」

「美味い物には美味いと言ってやらねばならぬ。それが美味い物を食べる礼儀である！　まあ？栄養が胸にばかりいっておる貴様には理解出来ぬかもしれぬがな！」

「はあ……これだから脳まで薄いのは困るな」

そして二人でバチバチなのです。

ミィの口調がうつってしまうくらい、後ろから感じる圧力《プレッシャー》が重いのです。

怖いのです。とても怖いのです。

「シ、シシリア様。どうぞ……」

「うむ。ありがたくいただくぞ。やはり、作った者への感謝をまず第一にせねばな。さて……む。甘いな……そして、ふわふわで、一瞬で溶けてしまう感覚が面白い」

なんだろう。シシリア様のような大人でおっぱいの大きな女性がわたあめを食べるという少し子供っぽい感じのギャップがとても良い。

そしてギャップと言えば、この人。

「アヤメさんのも作りましたので、是非どうぞ」

「私は……仕事中ですから……」

「まあまあ。日頃のお礼もありますので……」

「そうじゃそうじゃ。甘えるのも良き女の義務であるぞ？」

「……では、少しだけ……」

アヤメさんは受け取るとふわふわのわたあめに僅かにうっとりとして、指でつまんで引き裂くとそのまま口へと運ぶ。

「んふ……」

思わず声が漏れたのか、唇についたのも舐《な》めとると、普段のクールさを置いてけぼりにしてとても美味しそうに食べてくれる。

はあ……バチバチな人達を見た後だとなんと癒される事だろうか。

しかし、俺の視線に気が付くと一瞬にしていつもの冷たい表情へと変わってしまった。

「人の食べるところをじろじろ見ないでください。……お客さんが待っていますよ」

「はーい」

んんーもう少し見ていたかったのだが、実際にお客さんは並んでいるので仕方ない。

「お兄さんお兄さん！　見てくださいー！　上手に出来ました！」

騎士の鎧を着たままその上にエプロンをつける金髪の美少女セレンさん。

普段ならばアヤメさん同様シシリア様の護衛をしているはずなのだが、出来たばかりの大きなわたあめを持ってはしゃいでいらっしゃる。

シシリア様がこの忙しさに気を遣ってくださり、アイリス同様ここならば護衛は必要ないだろうという事でお手伝いにセレンさんを貸し出してくれたのだ。

「おお、いいじゃないかセレンさん。即戦力だな」

最初は先端の方ばかりが大きく膨らんでしまっていたが、うまい具合にわたあめらしい形になってきている。

「えへへへ。どうですかミゼラちゃん！　もう失敗作は食べませんよ！」

ちなみに失敗したのはお客さんにお出し出来ないので、セレンさんが食べている。

「凄く上手だと思うわ。だけど、それはお客さんのだから早く渡してあげてね」

「そうでした！　すみません。お待たせしました！」

セレンさんは慌ててお客さんへとわたあめを手渡すと、お客さんは気にしないでいいと微笑《ほほえ》みながら受け取ってくれた。

「うう、失敗してしまいました。まだまだです……」

反省……と、数秒落ち込むがすぐに顔を上げて笑みを浮かべるセレンさん。

明るく前向きで、反省はするが引きずらない。

まだまだ修業中！　と、成長する事に意欲的なセレンさん。

「ミゼラ！　次はいくつですか？」

「えっと、とりあえず沢山作ってくれるかしら？」

「わかりました！　どんどん作りますよー！」

と、このようにセレンさんはミゼラがお気に入りのようだ。

お互いまだまだ修業中！　一緒に高みを目指していきましょう！　と、お友達になったらしい。

ミゼラは困惑してはいたものの、セレンさんの持ち前の明るさとヒトの良さそうな雰囲気、そして押しの強さによってお友達になったようだ。

「ほら主さん！　ぼーっとしてないで手を動かしてください！」

「そうだぞ主君。もっと数を作らねば、捌《さば》ききれんぞ……」

「だな。悪い悪い。よっと……」

「まさかのダブル！　片手で一つずつ作るなんて！」

ふっふっふ。これぞわたあめを極めし動きだよ。

今の俺ならば、目を瞑《つぶ》っていても完璧なわたあめを作れてしまうだろう。

「こうなったら私も……！」

「やめてね？　あれは旦那様だから出来る事だから。一つ一つを丁寧に」

「はい……そうですね。基本は大事です！」

まあ、手についたり形が歪《いびつ》になってしまう未来しか見えないよな……。

俺はほら。一応戦い方も二刀流でどっちも動かせるように鍛えているし、DEX《器用度》は高いからな。

それに指使いには自信があるのだよ。

「ねえ主様。この調子だと……ザラメはともかく木の棒は足りなくなりそうね……」

「一応余分に用意はしていたけどな……。ちょっと不安だな」

あとでメイラに……いや、疲れてそうだしな……。

最悪、材木屋で木材を買ってそれを加工するか……高くつきそうだが。

「おいーっす！　忙しそうだな！」

「見ての通りだよ」

また冒険者が来たようだ。

こいつは……あれだ。声がでかい冒険者。

ガハハ！　と笑う系の豪快戦士冒険者だ。

どうやらパーティの男達皆で並んでいたらしく、冷やかしにきたようだ。

「それで、何個いるんだ？」

悪いけど、雑談に付き合う余裕はないぞ。

見ての通り後ろにまだまだ控えているからな。

「ふっふっふ。四つだ」

なんで不敵に笑ったんだ？

四つ。パーティメンバー全員分って事か。

それじゃあ、俺が二つとアイナとソルテの分でちょうどだな。

「承りました四つですね」

「ああ、待ってくれウェンディさん。んっんん……アイナさんの二つ、ソルテさんの二つで頼む」

何言ってんだこいつ？

「……当店は指名制ではございません」

「なんでだよー！　いいじゃねえかよー！」

「良くねえよ。味は変わらねえんだから我儘《わがまま》言うんじゃない」

「だってせっかくアイナさんとソルテさんの手作りお菓子を食べられる機会だぞ！　こんなチャンスもう二度とないかもしれねえじゃねえか！」

手作りお菓子……ああ、そういえば二人共あまり料理は得意じゃなかったな……。

アイナは一応程度に家事も出来るが、現状俺やウェンディとミゼラが家事は行うので、出番はないし、ソルテはそもそも作れないとなると、確かに今後二人が作ったお菓子を食べる機会はないかもしれない。

「俺達にとって紅い戦線《レッドライン》は憧れの存在……。そんな二人が手ずから巻き取ってくれたお菓子を食べたいと思う事の何が悪いんだ！」

「純粋なんだ。この気持ちは……。純粋に、二人が作ったお菓子が食べたいんだ！」

「先に食べた冒険者達で誰の作ったものだったかを自慢しあっているんだよ。アイナさん、ソルテさん、今は列整理に回ってしまったレンゲさんとシロさんは超レア！　それに金髪の騎士さんで大盛り上がりなんだよ！」

「おい。人を勝手にハズレ枠にしてんじゃねえよ」

気持ちはわかるけどな。

俺が客側だったらお前らと全く同じように楽しんでいただろうが、ハズレ枠扱いされていい気はしないぞ。

「大丈夫だ！　お前のは女性冒険者がキャーキャー言ってるよ畜生！　それにお前のが一番綺麗で大きくてふわふわだからハズレじゃない！　だがそれでも！　俺達はアイナさん達の作った少し形の不格好なお菓子が食べたいんだよう!!」

ぐっ……こいつら、熱いな。

並んでいる人の迷惑そうな視線、祭りを楽しんでいる人達のなんだなんだという好奇な視線。

それらには気づいていながらも、ただただ真っすぐに純粋な瞳を向けてきている。

ふっ……仕方ないか。今回ばかりはその情熱に負けたよ。

「いいからさっさと受け取ってお金を払って行きなさいよ」

「お前達、列を乱すんじゃない」

「はい。四つで２４００ノールになります」

「あ、はい……ありがとうございますぅ……」

うん。さっきまでの情熱はどこへやらで、俺の作った分を二つ含めて四つ渡され、お金を払うとそそくさと雑踏の中に消えていく四人。

負けたよとか思っちゃったけど、別に俺が決める事じゃなかったね。

「まったく……こっちは休みも取れなそうだっていうのに、ふざけた事ばっかり言ってるんじゃないわよ」

「そうだな……。この調子では、恐らく祭りを回る事も難しいだろうな」

「悪いな二人共……。もう少し落ち着いたら、何とか休みを取れるようにするからさ」

せっかくのお祭りだもんな。

楽しみにしていた露店などもあるのかもしれないし、どうにか皆に休みをあげられるようにしたいんだが……全自動で出来るようにしてみるかな？

いやでも、絶妙な指の加減は流石に難しいか……。

「主様が悪いわけじゃないわ。お店を出すのだって初めてで楽しいもの。でも、主様とお祭りデートはしたかったなってね」

「まあ、それは来年でも良いではないか。皆が私達の作った物を美味しそうに食べ、幸せそうな表情を浮かべているのだしな」

「なによう。良い子ぶって。アイナは主様とお祭りデートしたくなかったの？」

「そういう訳ではないが……。ミゼラは大丈夫か？　初めてのお祭りだし、色々回りたいのではないか？」

「え？　私は大丈夫よ。お客様がわたあめを嬉しそうに受け取って、ありがとうって言ってくれるだけで、とても満足だわ」

そう言いながらわたあめを受け取り、小さな子供に手渡すとミゼラの言った通り嬉しそうな顔でお礼を言って去っていく。

その後ろ姿を見送り、ミゼラもとても嬉しそうに笑みを浮かべていた。


祭りは夜も行われる。

夜は基本的にはお酒を扱う店が盛り上がり、俺達のような露店は店じまいだ。

「お、お疲れ……」

「お疲れ様……凄い人だったわね……」

「うう……ほっぺたが攣《つ》りそうです……」

「主様、これ集計するの……？」

「いや……しなくてもいいんじゃないか？」

商売を行う上でお金については徹底的にきちんとすべきだとは思うが、今はそんな気力もない……。

いくつ売れたとかどうでもいい……。

今はただ、早くお風呂に入って腕の疲れを癒したい……。

「疲れたっすぅ……お腹《なか》すいたっすぅ……」

お昼を食べる余裕もなかったもんな……俺も腹減った……。

「ん。死ぬぅ……」

シロはもうお腹が減りすぎて俺の背中にべったりとのしかかっていて限界だろうしな……。

「何か作る元気もないし、適当にお土産を買って帰ろう……」

「明日もあるのですよね……」

「今は言わないでよ……」

「かってもわかったし、効率よく作れるようになったとは思うがな……。いつもこの祭りは二日目が一番人が多いのだが、その影響がどう出るか……」

まじか……。

今日食べた人は明日は来ないだろうと思ったのだが、元の世界と違って次はいつ食べられるかわからない事を考えると、今日よりは減るという願望は見ない方が良さそうだな……。

……そのあたり、ちょっとメイラに相談しておいた方が良いかもしれないな。

って事で、訪れましたダーウィン邸。

「……だからよう。なんでお前は平然と廊下を歩いてんだよ。俺家主なんだが？　聞いてねえんだが？」

「疲れてる様子を見た守衛さんが気を使って入れてくれたんだよ。俺も長居はするつもりはないから早く降ろして……」

襟首を摑んで大の大人を持ち上げないでよ。

シャツが伸びるでしょ！　あと苦しいでしょ！

「ん……用事早く済ませる。お腹すいた……」

「なんだ？　今日は元気がねえなあ。はっはっは。べろんとして力が入ってねえじゃねえか」

「ん……ご機嫌斜め。早く帰ってご飯を食べたい。だから……斬る」

「いや斬るなよ。わあったよ放すよ……」

すっと俺のシャツから手を放し、付いて来いとメイラの執務室へと案内してくれるダーウィン。

今日は冗談は通じないと理解したらしい。

俺も疲れているので、大助かりだ。

「メイラ。入るぞー」

「お養父様？　どうしましたの？って、あら？」

メイラは昼間に会った時よりも血色は少し良くなったようだが、大量の書類を机の上に置いて仕事をしていたようだ。

「客連れて来たぞ。俺は寝るからな」

「はい。おやすみなさいませ。それで、どういたしましたの？」

「あー……仕事中だったのか」

それなら流石に悪いな……。

「ええ。でも気にしなくて構いませんわ。これは今日中にやらねばならない仕事ではありませんの。それに、貴方からは儲《もう》けの匂いがしますもの」

今日中じゃない仕事を……って、リゾート地云々《うんぬん》って文字が見えた。

そういえばこの前もそんな話をしていた気がしたが、そんな事まで手掛けているんだな。

おっと、今はそれよりもだ。

「まあ儲け話かな？」

「では、お茶でも淹《い》れます――」

ぐぅぅぅ〜〜〜っと、シロのお腹が大きく鳴る。

「お腹すいた……」

「今日は忙しかったみたいですものね。お菓子も用意いたしますわね」

「ん！」

チリリンっと、ハンドベルを鳴らすと執事さんがやってきて、メイラがいくつか頼むと頭を下げて去っていく。

そして大した時間も経《た》たないうちにお茶とお茶菓子と、更には白パンにハムをのせた物を沢山持ってきてくれ、シロへ促してくれた。

「はぐはぐはぐはぐ」

凄い勢いで白パンを食べるシロ。

俺も一つ貰いつつ、お茶も頂く事にする。

メイラも俺らに合わせてお茶を手に取ったのだが、流石に上品で、お茶を飲む姿はまさしく貴族のご令嬢のようであった。

「それでは、お聞きいたしましょうか。貴方が持ってきた儲け話とやらを」

「ああ。俺がやっている露店の事なんだが……」

「大人気だったようですわね。まあ、あのような珍しい甘味を用意したのですから当然でしょうけど」

「ありがたい事にな……。で、今後についてなんだけど」

「今後ですの？……私に相談という事は、ザラメの定期的な購入ですの？」

「いや……流石に今後も俺がやるのは無理だ……。お祭り限定で限界だよ」

「じゃあ……なるほど。俺が……という事は、販売の権利についてですわね」

「話が早くて助かるよ」

そう。俺が今回メイラに話しに来たのは、俺が作った魔道具をメイラに貸し出す事だ。

メイラには貸し出し料を頂くが、修理や代替機の用意などは行うと約束する。

そしてメイラは人を雇って働かせ、収益を得る事が出来るという話をした。

「なるほど……確かに、儲け話ですわね。あの魔道具ありきですから、勝手に販売をする輩《やから》もいないでしょうし、管理するのも楽でしょう。それに、完全に独占出来ますわ。でもいいんですの？私を介さなくても、ご自分で販売員を雇った方が儲けられますわよ？」

「儲けよりも仕事が増えるのはな……。本職はあくまでも錬金術師だし、代替機の用意と修理はいつでも請け負うよ」

それに今回の話で儲けはほとんどなくても構わないのだ。

明日の仕事量が少しでも落ち着けばそれでいい……。

どうせ自分ではやらないのだし、修理などのちょっとの手間で少しでもお金が入るのなら、労力に対しての成果としては十分だろう。

「こういった旨《うま》みしかない話の場合、裏を探るのが当然なのですけれど……貴方相手ではそれもないでしょうし……わかりましたわ。私の方で承ります。機器のレンタルは一基につき月7万ノールでどうです？」

「そんなにいいのか？」

「……そういう事を取引相手に聞くものではございませんわよ。それならと、足元を見られますわ」

「普段ならちゃんとしてると思うけど、メイラなら足元を見るとは思ってないからな」

まあ、俺が納得出来ればもっと安くても良かったんだがな。

一基1万でも、既知の魔法陣《エクスペリエンスサークル》ですぐに作れるので元は十分取れてしまうのだ。

「……まったく。ええ。貴方相手には真摯に対応いたしますわよ。それでは、7万ノールで契約ですわね」

「ああ。よろしく頼む」

メイラが羊皮紙を二枚用意し、並べて割符印をつけて契約を結ぶ。

契約スキルで行うと思ったのだが、こっちでも問題はないみたいだ。

「ああ、そうそう。販売員が決まったら技術指導くらいはお願いしますわよ？」

「いいぞ。その代わり、今日明日中に今後の販売の話は流しといてくれよ。……流石に明日は昼飯くらいは食べたいからな」

そうすれば多少なり今日よりは人が減ってくれるだろう。

何時《いつ》でも食べられるのであれば、特別感は薄れるはず。

せめて、昼飯を食べる時間を確保出来るくらいにはなって欲しい。

「わかりましたわ。でも、流石に私は貴方と同じ値段では出せませんわよ。利益が少なすぎますわ」

「ああ。そのあたりはメイラに任せるさ」

「でしたらお任せを。夜の内に噂を流しておきますわ」

よし。これで一応手は打てたかな。

お客さんが沢山来てくれる事は嬉しいんだが、孤児院の子達が作ったお好み焼きすら食べれてないからな……。

明日はいの一番にまずお好み焼きを買いに行こう。

「それじゃあ、俺は帰るわ。ありがとな。シロ、行くぞ」

「ん。けぷ……。腹一分目くらい。元気は出た」

「あれだけ食べてまだ一分目ですのね……。それでは、おやすみなさいませ」

柔らかな微笑みを浮かべ、見送ってくれるメイラ。

それと同時に目についたのは、高く積み上げられた書類の山。

「……」

「……？　なんですの？」

「いや、まだ仕事するのかなって……」

「ええ。今日はゆっくり休みましたし、まだまだやる事は多いんですのよ」

ゆっくりって……お祭りの前に少し休んだくらいじゃないのか？

あー……元の世界で働いていた時の事を思いだしてしまい、少し心配になってくる。

「そっか……あんま無理するなよ？」

「お気遣いありがとうございますわ。お祭りが終わって、今のこの案件が終わったらユートポーラにでも行って疲れを癒しますわ」

「それがいいな。もし良かったらオススメの温泉に案内するよ」

「あら。嬉しいですわね。楽しみにしていますわ」

多分、本気にはしておらず軽く受け流した感じなんだろうな。

でもまあ、メイラには空間魔法の存在も知られているだろうし、今度本気で連れて行ってあげようと思う。

今回ザラメの用意や販売契約などでお世話になっているし、それくらいはさせてもらうとしよう。

第三章　アインズヘイルの領民

お祭り二日目の朝。

今日も天気は快晴で、お祭りは間違いなく大盛り上がりとなる事間違いなしだろう。

通りがかりの冒険者や住民達《たち》にお祭りが終わっても販売は続けるのかと聞かれたので、どうやらメイラは約束通り噂《うわさ》を流してくれたらしい。

それらを広めるように伝えておいたので、今日は少し落ち着きそうだな。

で……今俺は何故《なぜ》か一人。

いや、厳密には一人ではないのだが、アイリスとアヤメさん、シシリア様とセレンさんが何故かいて、皆がいない。

準備を終えると用事があると言い、開始の時間には間に合うようにすると女性陣だけ家に戻ってしまったのだ。

「で……来賓席にいなくていいのかよ」

「来賓席など堅苦しくてつまらん。ここで優雅に珍味や甘味を味わうだけ故気にするな」

「うむ。それに王国の貴族連中の挨拶も面倒であるからな。どいつもこいつも下品な瞳をこの胸に向けるばかりでな。お主のように、キラキラとした純粋な好意であればまた別なのだがな」

一瞬ギクッとなったのだが、正直に生きた俺はセーフらしい。

いやでも、わかるよ？　見てしまうよね。見てしまうけど、申し訳ないから視線を外すのだけど、見てしまうよね。

初めて見た時は俺も釘付《くぎづ》けだったからなあ……。

大きいのに、その重量に負けない張り。

おっぱいは常に重力と戦っているにもかかわらず、その重力に抗《あらが》うシシリア様のおっぱいの美しさよ……。

「……アイリス様。一応賓客なのですからね」

「わかっておる。わらわも別に好き勝手に動くわけではない。ここが一番良い席であるから、ここにおるだけだ。邪魔になってはおらぬだろう？」

「そりゃあ、邪魔じゃないけどさ……」

店の一番後ろだし、材料は俺の魔法の袋と魔法空間にしまってあるので場所は空いているし……だが、オリゴールはこれでいいのだろうか？

二人の超大物の相手をしなくてすみ、負担が減ったと喜んでいるか、それとも王国、帝国の重要人物である二人が来賓席を離れているのはまずいのだろうか？

……たとえまずくとも喜んでそうだなあいつは。

というか、このままだとあいつもここに来る気がする……。

「ああー！　やっぱりお兄ちゃんの所にいた！」

ほら来た。思ったらすぐですすよ。どこでもオリゴールですよ。

両手に布で作られた袋を携えて、やって来ましたよ。

「おお、オリゴールか。ご苦労。わらわの求めた物は買ってきたのじゃろうな」

「買ってきたよ！　買ってきたのになんで来賓席にいないんだよ！　昨日もいなくなっただろう!?」

「こやつが店を出すのじゃぞ？　わらわの、庇護《ひご》下にある、こやつが店を出すのじゃぞ？　出向いてやらねばならんだろう」

「ぐぬぬぬ。これ見よがしに所有権を主張しやがって……。というか！　出向くだけなら昨日だけでいいし、居座る必要はないだろう！」

「なに、あっちにいると、見世物のようで楽も出来ぬのでな。ここからならステージも見える故な。それに、わたあめが食べたくなればすぐに食べられる素晴らしい場所なのだ」

「いや、すぐには食べられないからな？　お客さんが優先だよ」

「うむ。それでよいぞ。失敗したものをわらわが食べよう」

いやお前、一応王位継承権はなくとも王族だろう？

王族に失敗作を食べさせるとか……ああ、別に普段もっと雑に扱ってるからいいか。

「全くもう……はい。シシリア様の分だよ。アイリスと同じものを用意したけどいいよね？」

「ああ構わぬぞ。ありがとう」

「……シシリア様も来賓席に戻らないの？」

「すまんが、我もここが気に入っておるのでな。こやつは随分と面白いのだ。それに、昨日に引き続きセレンがここの手伝いをしたいと言っているのでな」

「え、そうなのか？」

「はい！　そうなんです！」

昨日はセレンさんのおかげで随分と助かった。

最初はまあ……うん。最初だからしょうがない感じだったんだけど、最後の方はばっちり任せても問題ないくらいだったからな。

「今日は昨日よりも上手《うま》くなってみせますよ！　目指すは主さんのような大きくてふわふわのわためです！」

昨日も、同じ量のザラメなのに全然違う！　と、俺の手元を見ながら勉強熱心なセレンさん。

向上意欲が高く、ミゼラも新人錬金術師として頑張っている事に共感を持ち、さらにぐいぐいとミゼラに寄っていっていた。

ミゼラも慣れたのか、仕事の合間を縫いながら楽しくおしゃべり出来たようだ。

明るく前向きで、成長に貪欲なセレンさんはミゼラにとってもいい影響を与える友になる事だろう。

「ぐぬぬぬ……アイリスのぺったんこなら、ボクの方が可愛《かわい》いからお兄ちゃんは落とされないと思ったのに、まさかあんな怪乳のシシリア様までお兄ちゃんを狙ってるだとう……」

「なんだ。オリゴールとも知り合いなのか？」

「まあ、一応ですかね？」

「一応ってなんだい!?　お兄ちゃんはボクの命の恩人！　そしてエロスの友！　お兄ちゃんの特殊性癖を受け止める事が出来るのは、同じく特殊性癖のボクくらいさ！」

「一緒にするんじゃねえ！　俺はノーマルだ！」

「ノーマルがハーレムなんか作る訳ないだろうがっ！」

ぐぬぬ……ハーレムは別に性癖ではないだろう。

複数人が相手でないと興奮しないというのなら別だが、俺は一人一人をきちんと愛しているのだ。

「ふむ……随分と好かれておるのだな。だがオリゴールよ。どうやらこの男はこれが好きなようだぞ？」

くいっと、シシリアが自分で自分のおっぱいを持ち上げて、これ見よがしにオリゴールへと見せつける。

「まあ、我もまだ知り合って浅いからな。これでオリゴールとは……大体同じくらいだろうか？」

「嘘《うそ》だろう!?　ボクとお兄ちゃんの積み重ねた逢瀬《おうせ》の数がたかがおっぱい一つで追いつかれるっていうのか!?」

「おい。シシリア様のおっぱいは女神の奇跡だぞ。たかがなんて言うんじゃない」

「ぐぅ……確かにお兄ちゃんはおっぱい好きだ。だけどねシシリア様。お兄ちゃんはそれだけじゃあ飽きたらない男だという事は恋人の一人を見ればわかる！　だからボクにも勝機はあるっ！」

それは誰の事を言っているのだろうか？

この場にいなくてよかったね。

きっともし聞いていれば転がされていた事間違いなしだろうな。

「そうだ！　今回の優勝賞品をボクにして、ボクの力でお兄ちゃんを優勝させるとかどうだろうか？　昨日の売れ行きなら、優勝してもおかしくはないし……いけるっ！」

「いくな……。残念だけど、今日は空《す》くはずだぞ。お祭り後の販売はメイラに委託すると広めてもらっているからな」

「なっ……。アインズヘイルがさらに盛り上がるのは嬉《うれ》しいけど思わぬ誤算だ！」

良かった……。昨日話をしておいてとても良かった……。

まあ、冗談だろうけどな。

皆が頑張って優勝を目指しているなかで権力を私利私欲のために使うような奴《やつ》ではないからな。

……使わないよな？

「ほれオリゴールよ。そろそろ始めねばならぬ時間であろう？　買い物ご苦労であった。感謝するぞ」

「うう……。ボクもお兄ちゃんの所でお祭りを楽しみたいけど、他にも来賓はいるし……。畜生……覚えてろよー！」

凄《すご》いなあ……領主なのに三下のような台詞《せりふ》を残して帰って行ったよ。

あいつ、こんなにも人を呼び寄せる力を持った街の領主なのになあ……全く威厳がないよ。

まあ、それがらしさであり、街の人達も恐らくそこがいいと思ってもいるのだろうけどさ。

俺もまあ、こんな領主なら少し心配ではあるが、楽しいとは思ってるからな。

で、オリゴールが去って行ったのはいいんだが、このまま開催されると、セレンさんと二人だけ……。

流石《さすが》にお客さんは昨日よりは減るだろうけど、二人で回せる程に減るとは思えないんだが……ん？

なんだ？　あの人だかりは。

「っとと……すみません。通してください」

「ナンパはお断りよ。私達これから仕事なの」

「道を空けてくれるだろうか？」

その人だかりからウェンディやアイナ達の声が聞こえるという事は帰って……き……た？

「お待たせしましたご主人様」

「ああもう。人多すぎ。注目も浴びて余計よね」

「鬱陶しいっすねえ……。ナンパとか、ぶっ飛ばしたら良かったんすよ」

「そう言うな。それほどこの服が良いという証《あかし》だろう。それで、主君。どうだろうか？」

おぉ…………。

「主君？」

「わあお……素晴らしい……」

まさか、まさかの浴衣だと……っ！

しかもまさしくこれは、元の世界の浴衣である。

ウェンディはユートポーラで女将《おかみ》さんにおめかししてもらった浴衣姿だ。

「似合ってる。皆凄い似合ってる！」

よく外人に浴衣なんて……という人もいるが、そんなのは関係がないという事がとても良くわかる。

「うふふ。ありがとうございます」

「ああー……やばい。可愛い。超可愛い。語彙力なくなるくらい皆可愛いし綺麗《きれい》だな！」

「うう……少し恥ずかしいわ……似合ってる？　変じゃないかしら？」

ミゼラは薄い水色の生地に淡い緑色の葉が描かれた清楚《せいそ》な感じとは……流石ウェンディ、それぞれの特性を考えてわかっているな。

六者六様それぞれがそれぞれの印象を損なわないデザインで、思わず見とれてしまうほどに綺麗だ。

「全然変じゃないよ。凄い似合ってるし可愛いぞミゼラ！」

「っ……ありがとう……」

「主。シロは－？」

「シロは……なんだかアイドルみたいだな。勿論《もちろん》可愛いぞ！」

どうやらシロのは裾が短く、ドレスのように少し広がりを見せている。

白地にシャボン玉のような柄が涼しげで可愛らしくて、シロの真っ白な髪色にぴったりだ。

肌着として普段の装備は着けているようだが、ジュニアアイドルのようで、可愛らしい仕上がりだ。

「ん。美沙《ミサ》がアイドルテイストって言ってた。悩殺間違いなし」

「ああ。可愛すぎて悩殺されちゃってるな！」

「むふー。いい気分」

なるほど。美沙ちゃんの見立てな訳か。

こういうセンスは流石は女の子だな。

俺じゃあ普通に浴衣を作って完成としてしまった事だろう。

あとはお面とわたあめがあれば完璧だと思う所だが……あれ？　俺どっちも作れるな。

あとでお面を作ってあげよう。

「主君。私はどうだろうか？」

アイナはまた……ダイナミックだな。

白地に赤と紺色の花で大人っぽい。

そして、当て布をしていないのか帯の上におっぱいがのっていらっしゃるのだが……持ち上げられているせいか普段よりもより大きく感じる。

「主君……その、目線が……。喜んでくれているのは嬉しいのだが……」

「ちょっと。アイナのおっぱいばかり見ないでよね」

「いやあ、これは見るだろう。ソルテの浴衣姿も可愛いぞ。スラッとしていて、やっぱり似合うなあ！」

ソルテは白と紺のモノトーンストライプ。

やはりちっぱいに浴衣は外れないな。

スラッとしていて、より綺麗に着こなしている。

「ご主人自分はどうっすか？　可愛いっすか？　惚《ほ》れなおしたっすか？」

バーンと手を広げて俺の前に来たレンゲは、全身を見てくれと言わんばかりに回転する。

レンゲは紺地に向日葵《ひまわり》で、鮮やかな黄色い花の可憐《かれん》さと元気の境界が絶妙だ。

そして、お尻のラインがまた……もう、たまらんですよ。

「ああ。惚れなおしたよ！」

「へっへへー」

これはアレだ。

あとで全員分の巾着をウェンディに作ってもらおう。

あれを手首にかけるとぐっと雰囲気がお祭りっぽく感じる気がするからな。

あとは下駄《げた》だ！　今日は仕方ないが、下駄も必須である。

ああもう皆可愛すぎる！

「もしかして、お祭りだから着替えて来たのか？」

「はい。お祭りの正装は浴衣だとお聞きしましたので！」

むふーとドヤ顔に近い顔で言うウェンディの横でシロもこくこくとうなずいた。

「そ・れ・で……ご主人様のものもお作りしたのですが……」

なるほど。さっきから手に持っていた濃紺の布は俺のだったのか。

「勿論ありがたく着させてもらうよ」

一人だけだったら少し恥ずかしいが、皆と合わせるのだから恥ずかしくはない。

ウェンディから浴衣を受け取り、時間がないので家には帰らずブラインドを作って隠してもらって着替え終える。

元の世界でもあまり頻繁に着た事はないのだが、何故だか妙にしっくりくるのが、和服の不思議だな。

「わあ……」「おお……」「おー……」

と、ソルテ、アイナ、レンゲが声を漏らす。

「なんだよ……」

なんだかちょっと照れくさい。

ジーッと見ながらニヤニヤするなよな……。

「うむ。とてもしっくりくるな」

「そうっすね！　ご主人めっちゃ似合ってるっすよ！」

「なんだかしっかりして見えるわね」

褒められるのは悪くない。というか、嬉しいもんなのだがソルテ？　普段の俺って、そんなにしっかりして見えないのだろうか……。いや、見えないな。うん。

「キャーキャー！　見てますかミゼラ！　ご主人様が、ご主人様がとても格好いいですよ！」

ウェンディは大興奮でミゼラに抱き着き、テンションに身を任せたままミゼラをガクガクと揺すって大喜びだ。

「は、はい見てます……。あ、あの、ちょっと落ち着いて……色々な人が見てます……注目を浴びちゃってますから……」

「落ち着いてなんていられませんよ！　シンプルだからこその大人の格好良さ……。落ち着いた雰囲気でありながら、首元の素肌が色っぽいです……」

ぽーっとして瞳が蕩《とろ》けてしまっているウェンディ。

そのまますっと俺の前に立ち、鎖骨のあたりを撫《な》でられるとぞくっとしてしまう。

「はあああ……素敵です……」

「ほう。アマツクニの服であるな。なかなか決まっておるではないか。のうアヤメ」

やっぱりアマツクニは和服なんだな。

アヤメさんの恰好《かっこう》も忍び装束というか、和風な感じだしそうだろうとは思っていたけども。

「……まあ。それなりかと」

「アヤメはそっけないな。良く似合ってると思うぞ」

「はい！　ばっちりですよ！」

アヤメさんは相変わらずクールであるが、シシリア様とセレンさんは誉《ほ》めてくれたので良しとする。

まあ、アヤメさんはクールだからこそアヤメさんという感じもするしな。

「ミゼラも似合っています！　とっても可愛いですよ！」

「そ、そうかしら……？」

「はい！　勿論ですよ！」

「……ありがとう。セレン」

ミゼラは真っすぐなセレンさんの言葉に少し照れをみせるが、どうやら喜んでいるらしい。

錬金を頑張るのも勿論良いが、お洒落《しゃれ》も女の子としてどんどんしていくべきだぞ。

『やっほー皆！　これより！　お祭り二日目開催だー！　今日もマナーを守って激しく楽しく過ごしてくれよ！』

おっと、もっと皆の浴衣姿を目で見て楽しんでいたかったのだが、どうやら始まってしまったらしい。

「あ、そうだ。悪いんだけど、先に行きたいところがあるからちょっと行ってくるぞ」

「はいっすー。お待たせしたっすし、構わないっすよー！」

「ん。シロが付いてく」

「頼んだわよー」

で、すぐそこなんだけど、一応シロが付いてきて目当ての店の裏へと回る。

「お、兄ちゃんいらっしゃい。はいよ！　さっき頼まれた分！」

「お、ありがとな」

重ねて構わないと伝えておいたので渡して置いた皿にのせてもらい受け取って、魔法の袋へと納めていく。

「へへへ。いいって事よ！　兄ちゃん達にはお世話になったから先に焼いておくくらい安いもんさ！」

ふっふっふ。実は昨日の昼飯を食べ損なった経験を活《い》かし、先んじて頼んでおいたのだ。

予想通りまだ始まってすぐなのに、結構な行列が出来ていて、店の方は忙しそうだったから正解だったな。

「しかし、上手くなったな」

後ろから見ているだけだが、ひっくり返すのにも緊張はないようで、連続ですぱんすぱんと次々に返していくのは見事だな。

「へへん。練習もいっぱいしたし、昨日もたくさん売ったからね！」

だろうなあ。昨日はうちの店よりも忙しそうだったからなあ。

いやあ……ソースの焦げる匂いってのは、どうしてこんなにも魅力的なんだろうなあ。

焼きそばも食べたくなってくるのだが、中華麺の作り方がわからず、流石にパスタで焼きそばは邪道ではないかなと思ってしまう。

「んんーいい匂い。お腹《なか》が空く匂い……」

「おいおい。朝ご飯食べたばかりだろう？」

「この匂いは別腹。いくらでも食べられる」

まあ、シロなら宣言通りいくらでも食べられそうだけど、流石にそれは子供達の負担が半端じゃないので止めさせてもらうぞ。

「へへへ。兄ちゃん達のは頼まれた通りチーズとモイをトッピングしてあるから、腹持ちも抜群だぜ？」

「店では出してないのか？」

「最初は追加料金を貰《もら》ってやろうと思ってたんだけど、流石に注文を聞いてから焼くんじゃあ捌《さば》ききれなくてさ……。今は一種類だけで回してるんだ」

あー……まあそうしないとこの行列は無理だろうな。

というか、既に列整理が必要なくらいだもん。

「兄ちゃん達の所も忙しそうだったよなあ。俺達も食べに行きたいんだけど、お昼ご飯を食べる時間しか取れなかったからなあ……」

「あー……メイラに頼んでお祭りの後でも販売はされるようになったぞ？」

「そうなんだ！……でも、それだと兄ちゃんはやらないの？」

「まあ俺はな……。本業もあるし」

流石にあの忙しさを毎日ってのは、俺の求めるスローライフからはかけ離れ過ぎてるってのもある。

お金は儲《もう》かりはするだろうが、時間も同じくらい大事なのだ。

俺は自由気ままに好きな時に錬金をするくらいがちょうどいいんでね。

「じゃあなんとか時間を作って行かないとだね。兄ちゃんが作るご飯は美味《おい》しいから、きっとお菓子も美味しいだろうし！」

「まあ、今日はそこまで列も出来ないだろうけど、お前達が来たら気合を入れて美味しく作るよ」

「うん！……で、兄ちゃん達今日は面白い服を着てるね」

「これか？　これは元の世界で和服って言うんだが、こっちで言うとアマツクニの服に似てるらしいぞ」

「アマツクニかぁ……。外国だよね。いつか行ってみたいなあ……」

「行けるんじゃないか？　この調子で売れてれば、今後も安泰だろうしさ。アマツクニ支店！　なんてのも、夢じゃないだろうさ」

まあ今ほどの売れ行きが期待出来るかと言われると、お祭り＋目新しいという補正もかかっているので難しいかもしれないが、元が良い物なので売れなくなるという事もないだろう。

「え？　今後も作っていいの？」

「ん？　お祭り限定だったのか？」

まあ確かにお好み焼きの屋台はお祭りなどのイベントばかりで見るものだが、ここは異世界だし気にしなくてもいいだろう。

それこそ、店を持ったっていいわけだし。

「ううん。兄ちゃんがいいなら今後も出させて欲しいってお願いするつもりだったんだけど……」

「俺の許可は別に要らないだろう？　俺もいつでもお好み焼きが食べられるようになるのは嬉しいからな。どんどんやっちまえよ」

それに、孤児院の安定収入や就職先にも繋《つな》がるだろうしな。

飢える程に貧しい……って程ではないが、王国からの援助金は一定で寄付金に頼るところもあるのだし、自分達でお金を稼げる方法があるのならばそうするべきだ。

孤児院の子供達の多くは冒険者になるそうだが、冒険者になりたくない子も勿論いるだろう。

なんていったって危険がいっぱいだからな。

それに魔物は怖いからな！

「へへへ。じゃあ、お言葉に甘えるね！　今よりももっと美味しく作ってみせるからさ！」

「おう。楽しみにしてるからな。それじゃあ、今日も頑張ろうぜ」

「うん！　またね！」

元気満々、意気揚々だね。若いというか、子供はやはり元気な姿が微笑《ほほえ》ましい。

それじゃあまた後で、と別れを告げて店へと戻る。

魔法の袋から、魔法空間へとお好み焼きを移動させておくのも忘れない。

こうしておけば、温かいままで食べられるからな。

「しかし、美味《うま》そうだったな」

「ん。一枚くらい今食べてもいいと思う」

「……一枚で終わらなそうだから後でにしようぜ。お仕事頑張って、お腹を空かせてめいっぱい美味しく食べよう」

実を言うと俺も一枚くらいは食べたいんだが、そうなると皆で食べてしまって結局お昼がなくなりそうだからな。

……今気づいたんだが、お昼ご飯を作って来ればよかったか？

いや、お祭りなんだからお祭りの物が食べたいので良しとしよう。

で、店に戻り営業を開始すると、噂が浸透しているのか列はほどほどに出来ている程度に減っている。

周りを見渡す余裕もあるので、噴水前のステージが目に留まる。

どうやら二日目の今日はステージでの演目があるらしく、俺達の露店からでも見る事が出来るようだ。

ただ、お客さんは昨日より少ないとはいえひっきりなしにやってくる。

まあ、列整理が必要なくらいではないので、シロとレンゲも中の手伝いをしているので昨日よりは楽である。

楽ではあるが……ちょっと、お祭りを回るというのは難しそうだ。

「はぁぁ……今日も結局忙しいのね……」

「あー……なんとか休憩時間を作るから、お祭り見てきてもいいぞ？」

「いいわよ。どうせ主様は休まないつもりでしょ？」

「まあ……一応責任者だしな」

俺も初めてのお祭りなのだし色々見て回りたいとは思っているが、流石にまだこの状況じゃあお祭りを見に出かけても店の方が気になってしまうだろう。

まあ、今年は諦めるよ。

来年は出店せずに普通にお祭りを楽しませてもらえるように、先にオリゴールにも話をしておくさ。


『キュイ!』


ん? なんだ? 何か聞き覚えのあるような甲高い音がステージの方から聞こえたな。

「主様! ステージ! ステージの方見て!」

ソルテが何やら興奮気味に指を指す先にいたのは、列を作り背筋を伸ばして槍《やり》を構える女の子達。

「あの持っている槍って……確か、『ハルピュイアの鳴き笛』だったか?」

隼人《ハヤト》から借りている武器の中に似たようなものがあったはずだ。

ソルテが音を鳴らしてくれて、それに感動したのを覚えている。

「そう! そうなのよ! 今回は本場のハルピュイア楽団がやってきているのよ! これを主様と見たかったの!」

ハルピュイア楽団……ステージの上にいる女の子達は皆ハルピュイア、鳥人族のようだ。

腕や肩などから羽毛を生やしており、スカートの下からは長い尾羽が見えている。

そして、彼女達が槍を振るたびに綺麗な音を響かせ、演舞と共に奏でられる音色は見事なものだった。

「凄いな……」

何百という鳥達がまるで鳴き声で音楽を奏でるかのようであり、無秩序にただ鳴らしているだけではないという事がわかる。

奏でる音もさることながら、彼女達の演舞も見ものである。

……特に、スカートというのがいい。

彼女達は戦闘においても一流なのだろう。

先ほどからちらちらと太もものギリギリまでは見えるのだが……どうしても中の布が見えないのだ。

あんなにも激しく動いているというのに、まったく見えないとは……もしかしたらこれは穿《は》いていない疑惑も持ち上がってきたが、流石にそれは妄想が過ぎるな。

やがて、演奏を終えた彼女達はステージから降りてしまい、辺りは拍手喝采で包まれた。

俺の露店に並んでいた人達も拍手をしており、一時的に店の機能が止まっていたのにもかかわらず、不満のひとつも出ていなかった。

「はぁぁ……やっぱり素敵ねえ……。一糸乱れぬ音の重なり、演舞との協奏……どれをとっても一流だわ……」

「確かに。見事な演奏だったな」

「でしょう！　やっぱり本物のハルピュイアの奏者は凄いのよ！」

ソルテはどうにも興奮状態だ。

腕をぶんぶんと振ってキャーと喜んでおり、念願叶《かな》ったかのようなテンションである。

まあその気持ちもわからなくもない程に凄かったからな。

楽団というだけあって、音の厚みがソルテが奏でた音と比べると段違いだ。

「でも、一人一人を見るならソルテの方が綺麗だったな」

「ばっ……！　な、何言ってるのよ！　そんな事ある訳ないでしょ！　あっちはプロなのよ!?」

「いや、それでもやっぱりソルテの方が綺麗だったよ」

「ふっ、やぁ……。……あり、がとうございます」

思わず敬語になってしまい、頭まで下げるほどの困惑ぶりらしい。

その姿に笑いつつも下げた頭に手をやって頭を撫でると、いやぁとしながらも手をどかせたりはしないらしい。

うんうん。やっぱりこういうところは特に可愛いなぁ。

「おらぁあ！　イチャついてんじゃないっすよ！　仕事！　仕事中っすよ！　お客さんもいるんすよー！」

「っ、別にイチャついてなんか……」

「いや、イチャついていただろう」

「犬は油断も隙もない」

「全くですね。ご主人様。私も撫でて欲しいです」

「ウェンディも人の事言えない」

「え？」

「……皆さん。今はお仕事をしましょう？」

「「「「……はい」」」」

おお、ミゼラがいるとしっかりと締まるな。

冷静に対処してくれるのでありがたい限りだ。


結局、最終日という事もあって昨日程の列ではないにせよお昼ご飯を取れるほどの余裕はなく、夕方近くになってもお客さんはひっきりなしであり、お腹が空いたまま営業を続けてしまっている。

メイラには噂を広めてもらったはずなのだが、何故だろう？

やはりお祭り後でも販売はするが、今売っているわたあめの値段ほど安くは出来ないのが原因だったのだろうか？

ああ……今日もお腹空いた……。

「お待たせしました。お客様」

「お母さんお母さん！　見て見てふわふわ！」

「そうねえ。面白いわねえ。うふふ。お姉ちゃんにお礼を言いましょうね」

「うん！　お姉ちゃんありがとう！」

仲睦《むつ》まじい家族が受け渡したミゼラにお礼を言って手を振ると、ミゼラはそれに対して微笑んで手を振り返す。

……完全にブラック企業な感じなのだが、皆が不満をのべずに笑顔で仕事をしてくれている事だけが救いだろうか。

「……何かしら？」

「いや、いい笑顔だなって」

「……あんまりじろじろ見ないでよ」

本当に、いい顔をするようになったなって思ってさ。

俺が預かっていた時の表情を知っているだけに、余計に嬉しく思ってしまったんだよ。

「何を微笑んでるんだい。気持ち悪いねえ」

「いきなり酷《ひど》すぎる……」

「あっはっはっは。そりゃあ慈愛に満ちた目で店主が微笑んでればそう言いたくもなるさ！」

「あ！　おばさん。いらっしゃいませ」

「こんばんはミゼラちゃん。今日は面白い服を着ているねえ。良く似合ってるよ」

普段の買い物や、ミゼラとシロの追いかけっこの際にお世話になったから、ミゼラとも顔なじみの野菜売りのおばさんだ。

今日はいつものエプロンに三角巾ではなく、私服のようだ。

「はあ……いらっしゃい。今日はお休み？」

「そうだよ。野菜は父ちゃんに任せて、私はお祭りを楽しんでるのさ。あんたの所は随分と忙しそうだったねえ」

「そうだな。なかなか休みが取れなそうだ。商売ってのは忙しいねえ」

「はっはっは。そいつは残念だね。まあ物を売るってのは、大変なもんさ」

毎日早い時間から野菜を売り続けるおばちゃんは尊敬に値するよ。

これからは野菜や白パンや牛串を買うたびに感謝の気持ちをもっと持つようにしようと思う程にね。

「どれ。一つ貰おうかね。繭みたいだけど、美味しいんだろうね？」

なんだとう。

野菜売りのおばちゃんだって女性なのだし、甘いものは好きだろう。

一口食べて、あまりの甘さと食感に驚くがいいさ。

「勿論よ。旦那様の元の世界のお菓子だからね。とっても甘くて美味しいわ」

「ミゼラちゃんが言うなら間違いないね。噂には聞いていたけど、流れ人の世界ってのは面白いもんを売るんだね。それにしても……ふふ。いい笑顔で笑うねえミゼラちゃん」

「え……？　旦那様にも言われたのだけど、私そんなに笑っているかしら……？」

うん。おばちゃんは良く知っている相手だからか、笑顔が自然に漏れているぞ。

「ああ。とっても可愛らしい笑顔だよ」

「……そっちも慈愛に満ちた目で微笑んでるじゃないか」

「おや。気持ち悪かったかい？」

「いんや」

包容力と慈愛に満ちた母親が見せるような優しい笑顔でしたとも。

「むう……」

「おや、今度は眉間にしわが寄ったね」

「あ、あんまり顔ばかり見ないでください……」

うんうん。照れて顔を紅《あか》く染めるミゼラは可愛いなあ。

「ふふ。それじゃああと少し頑張るんだよ」

「ああ。ありがとな」

「あ、ありがとうございました！」

上機嫌に手を振り、わたあめを食べながら去っていくおばさん。

「ふう……」

おばさんが来てくれて嬉しそうなミゼラだが、流石に疲れているように見えるな。

「ミゼラ、ちょっと休憩していいぞ。ついでにお昼……もう夕方だけど買ってあるから食べちゃってくれ」

「え？　あ、はい……わかりました」

会計と受け渡しをウェンディに兼任してもらいつつ、ミゼラと……あとはお好み焼きを楽しみにしているシロも休憩にしておこう。

ようやくだ。我慢させてごめんよお待たせ。

「ん。お好み焼き食べるー！」

「あ、朝の用事って孤児院のお好み焼きだったのね。私も食べたいと思ってたから嬉しいわ」

「ん。沢山食べる」

「シロの沢山は、皆の分がなくなっちゃうんじゃないかしら……？」

大丈夫。その事も考慮して沢山作ってもらったからな。

足りなかったら……後で頭を下げて、わたあめをお土産に追加でもらおう。

流石にあの列に並ぶ時間はないからなあ……。

買っておいて本当に良かったよ。

「おーっす。今日は昨日より空いてるな」

「いらっしゃい。二回目じゃなかったか？」

昨日も来てたろお前。

男のくせに、なんて言うつもりはないが、甘いものの取りすぎはお腹ぽよぽよの元なんだぞ。

「へっへっへ。今日は嫁さんが食べたいって言っててな」

「こんにちは。旦那だけ先に食べるとか酷いと思わない？」

お、嫁さんじゃないか。

最近結婚したって報告を受け、こいつらが取ってきた宝石を使って指輪を作ってやったんだが、ちゃんとつけてくれているようだ。

「……ん？　どうした？　指輪を見つめてって、こらあ金払って買ったんだから返さねえぞ！」

結婚指輪を大事そうに隠す厳《いか》つい冒険者のちょっと情けない姿に笑いつつ、そんなわけないだろうと呆《あき》れてしまう。

お金だって祝いだからと断ったのに、お前達が払うときかなかったんだろうに……。

「で、調子はどうだそれ」

「いいよ。すげえいい。結婚がまさか冒険の役に立つとは思わなかったよ」

『黄金比翼の指輪　敏捷《びんしょう》中上昇　防御力中上昇　攻撃力中上昇　比翼』

比翼の効果は、二つで一つの指輪を持った相手が近くにいる場合他の効果が上昇するというもの。

つまりは能力三つが中上昇から大上昇になる。

もちろん誰にだって作るわけじゃないぞ？

仲良くなった友の祝いのために作っただけである。

俺に作って欲しい……なんて言うもんだから、気合を入れて作ってしまった。

「楽しいよ！　慣れるのもあっという間だったし、つける前まできつかった敵が楽になるんだ！

大暴れさ！」

おお……カバーはつけているとはいえ、ここで大斧《おの》に手をかけないでくれ。

昨日みたいに警備兵さんがまた来て怒られてしまう。

「へへ。毎日よお。妻と指輪を見ながら今日も生き残ったなって言うんだよ。ありがたいねって、
いい友人を持ったねって言われるんだ。本当ありがとな！」

「惚気《のろけ》るなよな。ったく。ほら、二つ出来たぞ」

「どうぞ。お待たせいたしました」

「お。ありがとよミゼラちゃん！」

「ありがとね！」

はいはいっと。まだまだ忙しいんだから帰った帰った。

店先でイチャつかれても困るってーの。

って……店前で食べるのかよ！

「んんー！　甘ーい！　甘味は素敵ねえ……」

「へへ。いつかたんまり食わせてやれる冒険者になるからな」

「何言ってんだよ。その時は、私も一緒さ」

だからイチャつくんじゃ……ああ、もしかして普段俺もこう思われているのだろうか？

反省……はしない。イチャつきたくなった時がいちゃつき時なのだ。

「兄ちゃん！」

「ん？　お？　どうした？」

一瞬子供達が並んでわたあめを買いに来たのかと思ったのだが、声をかけられたのは受け渡し口の方からだった。

「兄ちゃん大変だ！　鉄板の様子がおかしくなっちゃった！　熱が一か所だけ熱くなったり、熱くなくなったりするんだ！」

「おっと、本当か？」

「うん！　今は一台でなんとかしてるんだけど……まだお客さんも沢山いるし、このままじゃ間に合わなくなりそうなんだ！」

エプロンをつけたままの少年は慌てた様子って事は、急いだほうがいいんだが……。

「ミゼラ。先に行ってどういう状態か見ておいてくれるか？」

「私……？　私でわかるかしら……？」

「大丈夫だよ。作るところは見ていたし、恐らく魔力回路だと思う。どこか見ておいてくれ」

せっかくのトラブルだからな。

現場で見極める力を鍛える事は、ミゼラの今後に必ず役立つだろう。

「これも勉強って事ね。わかったわ」

そういう事。

流石ミゼラ。物わかりが早いから話が早い。

「ん。シロもついてく」

「悪いが頼む。ミゼラ、錬金は使うなよ？　外での錬金はA級にならないとだからな。錬金を使わずとも直せそうなら直していいぞ」

「はい。わかりました。頑張ってみます」

ミゼラが机の下をくぐるのを手伝い、少年の後ろについて行くのを見送り、シロが軽く机を飛び越えてミゼラと少年についていく。

「なあ、大丈夫なのか？」

「なにがだ？」

「いや、ミゼラちゃんも最近腕を上げてるんだろうが……流石にわかるのかなって」

「うんうん。あの鉄板の魔道具って、お兄さんが作ったんでしょ？　流石にまだ早いんじゃ……」

「ああ。大丈夫だよ。そこまで複雑に組んでるわけじゃないし、ミゼラならわかると思う」

それだけの力はある。

普段からあの子は真剣に俺の話を聞いているからな。

おそらく、連続使用により細分化した一部に魔力が溜《た》まり流れが悪くなっているのだと思うが……。

一時的に直そうと思えば、錬金を使わずとも魔力の流れを整えれば直るだろう。

それこそ、ミゼラに渡した魔力を吸う指輪があれば、ある程度の時間手をかざすだけでも直せるはずだ。

「……いい師弟だな」

「弟子が優秀なもんで、師匠は必死だよ」

ミゼラは頑張り屋さんだからな。

師匠としては、期待に応えなきゃいけないと思っちゃうわけだ。

「へっ。普段はだらーっとして、怠けてえくせに格好つけやがる」

「当然。働かなくていいなら俺は一生働きたくないままだぞ」

その気持ちはいつだって変わらない。

世の中楽して楽しく生きたいけど、そうもいかないのが人生な訳で、なかなか思い通りにはいかないもんだ。

とはいえ、望みを持ち続けるくらいはいいだろうさ。

「……で、何時《いつ》までいるんだよ」

「いいじゃねえか。食べ終わったら次の店に行くさ。はいあーん」

「あーん」

こいつら店前で……いや、俺は文句が言えない立場か？

でも言っちゃう。家でやれよ家で。

はあ……まあでも、新婚じゃあこんなもん――


『テメエ！　何してやがんだ！』


店前でいちゃつく二人に呆れていると、突然大きな怒鳴り声が聞こえてきた。

「ああ？　なんだ？　喧嘩《けんか》か？」

「祭りだってのに、楽しくできないもんかねえ」

喧嘩……なのか？

相手の姿は見えないが、方向は孤児院の子達がやっているお好み焼きの屋台の方だぞ。

なんでかな、無性に嫌な予感がする。

『ハーフエルフが俺達の食うもんに触るんじゃねえよ！』

続けて聞こえたこの言葉と共に、俺は作業を途中で投げ出して机を乗り越える。

『ハーフエルフが触ったもんで作った飯なんか食えるかよ！』

まだ聞こえる怒鳴り声。

耳に入るたびに肌がざわつき、全身の毛が逆立つような感覚に襲われる。

「お、おい。兄ちゃん？」

冒険者の男が声をかけてくるが関係ない。

今の俺は足を進める事しか頭にない。

「おいおい！　落ち着けって！」

すっと肩をつかまれるが、気にせずに進んで行く。

聞こえてきた声の方向。

それにハーフエルフという言葉。

その事から恐らく、いや間違いなくミゼラの事を言っているのだろう。

だから、早く行かなくちゃ。

「大丈夫だ。落ち着いてる。だから手を放せ」

「いやいや！　目！　目がやばいよ！」

「お前俺に殴りかかった時と同じ目してるって！　完全にキレてるじゃねえか！」

「キレてるよ」

俺自身に。

馬鹿野郎だって、考え足らずだったってぶん殴りたくなるほどに。

シロがついていったとはいえ油断した……。

祭りなんて不特定多数の男と接触する機会が特に多いのは考えればわかる事だろう。

奴らは今もミゼラを、怒鳴りつけている。

これだけ離れていても聞こえてくるような大声で。

きっとミゼラは怯《おび》えてしまっている。

自分の甘い判断が招いた結果だ。

だからこそ、俺は早くミゼラの下に行き、彼女を守らねばならない。

自分への怒りも相当なものだが、同じくらい相手の男達にも怒っている。

そして、この国のこの因習にも……。

「それならなおさら落ち着けっての。お前さんに危害を加える可能性だってあるんだぞ」

「はぁぁぁ……わかってる。大丈夫だ」

ああ。大丈夫。俺は落ち着いてるよ。

シロもいる事だし、ミゼラに命の危険はないだろう。

だけど……心はそう頑丈に出来ていない。

心の傷《トラウマ》は、開きやすいんだよ。

せっかく、あんなに優しく笑えるようになったのに……。

「……じゃあその、なんだよそれ」

手に持った薬品の入った試験管を指差された。

先ほど魔法空間から取り出した物だが、死の危険はない安全な薬品である。

「究極体タタナクナールだ」

「おいいいいいい！　なんだよそれ！　何を究極にしてんだよ!?　どんな効果があるんだよ！」

「空気感染はしないぞ。直接ある程度の量をかけなきゃ効果はない。ただし、暫《しばら》く痺《しび》れて動けない上に解毒不可だが」

「馬鹿お前……！　そんなもんこんな人が多いところで使おうとするんじゃねえ！　間違ってかかったらどうするんだよ！」

「やめてよ！　新婚なのよ！」

別にお前にかけるわけじゃないし……悪いが、好き勝手に怒鳴っているんだろう？

ならば、こちらも、好きにやらせてもらおうじゃないか。

「多分霊薬でなら治るぞ？」

「どんだけ強力なんだよ！　国家指定の危険薬扱いにされる奴だぞそれ！　ちょ、待てってのー！

おい、お前ら！　兄ちゃんを止めるの手伝ってくれ！」

ちっ……そこらへんにいた冒険者まで加わったか。

こっちの様子を見て、ただ事ではないと判断して迅速な連携じゃないか。

流石に複数の冒険者に体を押さえられたら動けない……仕方ない。

「アイナ。こいつらどかしてくれ」

「承知した」

「「「え？」」」

「ソルテ、レンゲ、ウェンディ。しばらく店を頼む。販売は中止しといてくれ」

「はい。わかりました」

「ご主人の好きにやっちゃっていいっすよー！」

「シロがいるなら主様は大丈夫よね……。わかったわ。いってらっしゃい」

「「「皆さんわからないでください！」」」

俺の気持ちを察して見送ってくれる三人。

そして、俺を止めようとする男達の前に仁王立ちするアイナ。

「主君。ここは任せろ。ガツンとやってしまえ」

「ああ、行って来る」

「私も行くんですー！　放してくださいー！　ミゼラが、私の友が侮辱されているんですよ!!　ぶっ殺してやります!!」

「ちょ、ちょっと誰だか知らないけど落ち着いて！」

俺の横では、セレンさんが俺と同じように怒りの表情を浮かべて冒険者の女の子達に止められている。

セレンさんは帝国人。王国特有のハーフエルフへの差別とは無関係であり、友でもあるミゼラのために怒ってくれているのだろう。

セレンさんは既に剣を抜いており、剣を杖《つえ》のようにしながら八人もの冒険者の女の子が押さえているにもかかわらずゆっくりと進んでいた。

『なんだこのチビは……俺らとやる気か？　揃《そろ》いも揃って奴隷じゃねえか。てめらの主はどこだよ！』

シロがミゼラを守ってくれている。

今にも飛び掛かり切り刻みたいところだろう……だけど、頭の回る子だ。

きっと俺の事を考え、まだ手を出さないでいてくれているのだろう。

その子らの主を探してるんだよな。

それならここにいるぞ、と声を上げ、二人組の男に近づこうと思った矢先の事だった。

ようやく相手の姿が見え、瞳孔が開き、大きく一歩を踏み出したところで目に見えた光景に俺は足を止めてしまった。

「「「「……」」」」

「な、なんだよてめえら」

「うちの領民に対してずいぶんな口をきくじゃないか」

それは、あっという間の事だった。

男達とミゼラの間に立ったのは、野菜売りのおばちゃんを始めとした普段露店をやっている人達。

兵士でも、冒険者でもないただの商売人や街の人達だ。

相手はいかつい冒険者風の装いだが、物怖《ものお》じせずミゼラを守るように、壁のようになってくれていた。

「俺らが悪いってのか？　てめえら、庇《かば》うのか？　ハーフエルフだぞ!?　ハーフエルフを格下に見るのは王国では普通の事だぞ！」

「そ、そうだ！　貴族様が決めた事だぞ！」

「貴族だあ？　知るかそんなもん。そいつらが俺らに何かしてくれたのか？　そいつらが、この子に何かされたってのか？」

油を売っていた熊人族の店主も、指の骨を鳴らし怒っている様子が見て取れる。

肉屋の店主など露店で使っていたのか、巨大な解体用の包丁まで出してきており、ニコニコと笑ってはいるが青筋を立てて怒りを露《あらわ》にしている。

「て、てめえら！　貴族の決定に口を挟むつもりか!?」

「はあ？　ここはアインズヘイルだぞ。商業都市アインズヘイルだ。色んな国から色んな人達が来る街だ。もちろんハーフエルフだってな。この国だけだってよ。ハーフエルフをないがしろにするのはよ」

一部の腐敗……まあそれは、どこの世界のどこの国でも大して変わらないのかも知れないけれど。

それでも……納得出来る事ではないいんだよな。

「ミゼラちゃんはうちにポーションを卸してくれている立派に働いている子だぜ？　その彼女のどこが格下だっていうんだ？」

「そうよ。この子にお世話になっている人がうちの冒険者ギルドには沢山いるのよ！」

「お姉ちゃんのポーションのおかげで僕の仲間は助かったんだよ！　お姉ちゃんを馬鹿にするな！　立派な人なんだ！」

今度は冒険者達が露店商達の前に立ち、壁がさらに分厚くなる。

中には、新人の子達もいるようだが、しゃんと胸を張り、自分よりも強いであろう相手に立ちはだかっていた。

「だ、だがな……許されてるんだよ！　ハーフエルフを格下扱いする事は！」

「そ、そうだ！　俺達は何も悪くねえ！　この国じゃあ許された行為のはずだ！」

「ああ。許されてるよ。でもね、ここは王国でもアインズヘイルなんだよ」

俺とセレンさんの間をゆっくりとした足取りで、騒動の中心へと歩いていくオリゴール。

普段の雰囲気とはまったく違い、厳粛な領主としての姿を見せ付けられてしまう。

「この街は元々内乱や戦争で街を失った民が集まって出来た街なんだよ。種族も性別も年齢も生まれた場所も、全く違う人達が少しずつ集まって出来た街なんだ。その時、王国が僕達に支援をしてくれた事はない。ここまで大きくなると思わなかったんだろうね。この街は多くの種族のおかげで大きく成長し助け合いの上で成り立っているんだよ。そんなボクらが受け入れないわけないだろう。仲間を助けないわけないだろう」

「な、なんだこのチビ……」

「ははっ。領主に向かってチビ呼ばわりか。いい度胸だ。言質は取ったよ」

「なっ……領主!?　そんな、勘弁してくれ！」

「勘弁？　ここはボクの街だぜ？　この街で、ボクの領民が虐げられるのを許すほどボクは温厚じゃあないんだよね。衛兵。この者達を拘束しろ」

「「「はっ！」」」

どこからともなく現れた衛兵が槍を構えて男達を包囲すると、男達は両手を上げて抵抗しない意を示すがその顔は領主オリゴールへと向けられている。

「そんな馬鹿な……」

「牢屋《ろうや》でよく考えたまえよ。貴族でもないボクが領主をやれるのも、この街が王国に縛られていない証拠だよ。ボクは貴族ではなくただの平民のハーフリングだからね。……確かに王国でハーフエルフを侮辱する事を罪には問えない。でも、チビという発言は領主への不敬と取らせて貰う。それに、祭りを妨害した罪は重いぜ？　覚悟しておきたまえ」

「「ひっ……」」

「連れて行け！」

「「「はっ！」」」

オリゴールが凛々《りり》しく言い放ち、男達は連れて行かれてしまった。

そして、オリゴールがミゼラを守る壁となっていた人達の方へと歩き出すと、壁が割れるように皆が道を空けた。

「やあ。怖かったね。もう大丈夫だよ」

「あ……」

「安心していいよ。君の事はボクらが守る。もちろん、お兄ちゃんが守ってくれるとは思うけど、ボクらだって君を守るよ。誰が何と言おうが、君はこの街の領民だからね」

その言葉に、この街の皆が頷《うなず》いた。

俺は、上唇を仕舞《しま》うように口をつむってしまった。

オリゴールの言葉に、不覚にも目の奥が熱くなり、ジンっとしてしまったから。

「ありがとう。皆さん。ありがとうございます……」

「おっと、しんみりした顔はよしてくれよ？　お礼を言うなら笑顔がいいさ！　さあさあ、しらけた空気は吹き飛ばして祭りを楽しもうぜ！　まだまだお祭りは終わりじゃないんだからね！」

オリゴールが皆にそう言うと、先ほどまでの空気が嘘のように歓声が上がる。

俺もつぐんでいた口を解いて、緩み微笑んでしまう。

普段駄目な所ばかりの姿と、今のこの立派な姿があるからこそオリゴールは領主として慕われているのだろうという事が良くわかった。

「出端《でばな》をくじかれてしまいましたね……」

「だな。でも、良かったよ。一番いい結果だと思う」

「はい！　良い街ですね。この街は」

「ああ。俺もそう思う」

心から俺の異世界の始まりが、この街で良かったと思う。

ウェンディ達と出会えて、ミゼラを受け入れてくれたこの街に感謝しているよ。

全部この街から、始まったんだ。

「ふむ……」

「あ……」

あー……そういえば、アイリス様いらっしゃいましたね。

さっきのオリゴールの言葉には、それなりに王国への不満なんかも入っていた気がしなくもないのですけども……。

「なんじゃ『あ』って」

「いや、その……」

「……お主。もしや、わらわがハーフエルフを馬鹿にしておるとでも思っておったのか？　他国とも交流の深いわらわがそんな阿呆《あほう》な真似《まね》をするとでも？」

……や、だって貴女《あなた》この国の王族じゃないですか。

貴族の話って聞いたら……ねえ。

ん？　アヤメさんどうしました？　顔を近づけてきて……ってまさか頬に口付――。

「何気持ち悪い顔をしているのですか？　どう勘違いしているか興味もありませんが、耳を貸しなさい」

「あ、はい」

あ、違いました。勘違いでした。

俺もこのタイミングで変だなあって思ったんですけども。

……その、そんなに気持ち悪い顔してましたかね？

「……あのですね。アイリス様のお仕事は、このような問題を解決する事です。これだけに留《とど》まらず、王の目を欺いた腐敗は広がっています。だからこそ、このような問題が起こるのです……」

「……叔父上は血筋に甘いからな。王族の間違いは王族が正すべきなのだ」

アイリスと俺にしか聞こえないようにアヤメさんが囁《ささや》くと耳がぞくっとした。

それより叔父上って王様の事だよな？

それに、王族の間違いって……？

「しかし、良い領主だな。我も今回の話……良い方向に考えておこう」

「はい！　この街ならばよいと思います！」

「セレンもそう思うか。うむ。真っ直《ま》ぐ《す》なお前が言うのならば、正しいだろう」

こっちはこっちで意味深な事を言っているし……。

そういえばセレンさんが来た時に、シシリア様はこの街で大切な用事があるとか言っていた気がするが……。

まあ、どちらも俺は関われない事だろうけどもさ。

王族と帝国の話だしな。

そんな事よりも今は——。

「旦那様……」

「……ミゼラ」

「ごめんなさい、心配をかけて」

「ミゼラが謝る事じゃないよ。俺こそ、すぐに助けに行けなくてごめんな」

「ううん。大丈夫よ。さあ、旦那様。原因はわかったから、子供達の鉄板を直してお祭りに戻りましょ」

何事もなかったかのように笑顔を俺に向け、俺の袖を引いて屋台へと引っ張るミゼラ。

「あ、ああ……。ちょ、引っ張るなって」

「早く直してあげないと、並んでいるお客さん達が困るでしょう？　子供達も待ってるのだから、ほら急いで」

思ったよりも顔色が悪くなくて驚いてしまった。

きっと、青ざめてしまうような思いをしたのだと思っていたのだが……もしかして、心配かけまいと強がっているのではなかろうか？

うーん……一先《ひとま》ずは大丈夫そうにしているので、今日は鉄板を直して営業を再開し、少しだけ早めに店を閉めて皆で俺達の家へと帰る事にしたんだが、やっぱり心配だな……。

家に帰った後もミゼラの様子は普通のまま。

むしろ、少し元気すぎるくらいだろうか。

やはり無理をしている気がするのだが……と考えながらベッドで横になっていると、どんどん眠れなくなってきてしまった。

「……外、騒がしいな」

お祭りの夜の部のメインであるお酒を取り扱った街で大騒ぎしているのだろう。

今日はお祭りの最終日だからな……朝まで騒ぐと冒険者の奴らが盛り上がっていたので、きっと明日は二日酔いで死屍累々《ししるいるい》な街並になっていそうだな。

俺も誘われはしたんだが、なんとなく行く気分ではなかったのでお断りしたものの、この騒がしさとミゼラの事を考えていると眠れないので、どうしようもないから起き上がり厨房《ちゅうぼう》へと向かう。

眠れないときはこれだ。

ミルクを温め、卵黄とバニル、そして蜂蜜を加えてかき混ぜた即席ミルクセーキである。

それらをポットにいれて魔法空間へと仕舞い、部屋で飲もうとリビングに向かうと、テラスの方の窓から風が入ってくるのを感じる。

誰かいるのかと思い覗《のぞ》いてみると、そこには以前作った折りたたみ式の椅子を広げ、座って街の明かりを見つめる女の子が一人。

「……ミゼラ?」

「旦那……様?」

声をかけると驚いたように振り向くミゼラ。

その顔は、街の明かりに照らされているせいか少し赤く感じてしまう。

「どうした?　眠れないのか?」

「……ええ。ちょっとね」

「風邪引いちゃうぞ」

「ええ……」

それだけいうとミゼラは街の方へと視線を戻し、俺が座れるように椅子を少し空けてくれる。

俺もミゼラの横に腰を下ろし、街の方を眺める事にした。

まだまだ騒ぎ足りないかのように、街が普段よりも明かりを放っており、夜景のように見えていた。

「お祭り、まだやってるのね……」

「ああ。夜の部ってやつだな。お酒を出しているお店なんかはここからが本番で朝までやってるらしいぞ」

「まあな。でも、今日は気分じゃないから断ったんだ」

「そうなのね……旦那様は行かなくていいの？　誘われているんじゃないの？」

「そうなのね……」

魔法空間から取り出したポットからミルクセーキをカップに注《つ》いで渡す。

「ほら、寝れない時はミルクセーキが一番だ。飲んだらぐっすり眠れるよ」

「温かい……」

ミゼラはカップの温かみを手で感じつつ、ゆっくりと口へと運んでいく。

「ありがとう。……甘くて美味しいわ」

ほぉっと息を吐き、俺に優しく微笑んでくれる。

「そっか。まあ、ついでだついで」

「ついでって……旦那様も眠れなかったの？」

「あー……まあ、な」

俺は誤魔化すようにカップに口をつける。

出来立てでまだ熱いミルクセーキに舌を少し火傷《やけど》しつつ、甘すぎるくらい濃厚でクリーミーな味わいに舌鼓を打つ。

「……もしかして、心配しているのかしら？」

「……」

俺が黙っていると、ミゼラは俯《うつむ》いてしまう。

「旦那様ってわかりやすいわよね。でも、本当に大丈夫よ」

「ばればれか……。その、無理してないか？」

あんな事があったんだ。

心の傷が広がっていってしまっていても、なんらおかしくはないだろう。

すると、ミゼラは俯いたまま立ち上がりテラスのフェンスへと近づいていきカップを置くと振り向いた。

そして、その表情は――。

「私ね、今前に進めている気がするの」

見惚れてしまうほどの、満面の笑みだった。

「旦那様に錬金を習ってから、少しずつ、ほんの少しずつだけど、未来を歩めている気がするの。街の人や冒険者の人と話すたびに、少しでも成長しているって実感出来るの……」

ミゼラは空に浮かぶ星を眺めて手を広げる。

「私の知っていた世界はとても小さかった。お祭り、とても楽しかったの。世界がこんなにも眩《まぶ》しくて、楽しい場所だなんて思わなかった。人々が……こんなにも優しくて、素敵だなんて思わなかった」

そのまま手を降ろし、表情は見えぬままに語り続けるミゼラ。

「……男の人達に怒鳴られて、とても怖かった。シロが、私の手を握ってくれたけど、とても怖かったの。頭の中がぐしゃぐしゃになって、何も考えられなくなって……でもね」

ぱっと顔を下ろし、満面の笑みを見せてくれるミゼラ。

「旦那様の顔が見えたの。ちょっと怖い顔してたけど。歪《ゆが》みそうな視界の中で男の人達の後ろから旦那様が近づいてくるのだけはわかったの。そうしたらね……なんだか、とても安心する事が出来たのよ」

後ろに映るオレンジ色の街の光のせいか、どこか明るく温かい笑顔を向けてくれている。

「街の人達が、私を守るように壁を作ってくれて……嬉しかった。私を仲間と呼んでくれて、認められたんだって……頑張って良かったたって思えたの」

「そっか。俺も、嬉しかったなあ」

改めて、アインズヘイルはいい街だって、大好きな街だって思えたよ。

「うん。だから……旦那様ありがとう」

「ありがとう……って、それはミゼラが頑張った結果だろう。俺に言う言葉じゃないよ」

ミゼラが頑張ったから、正当に評価されたのだ。

俺が何かをしたからじゃあない。

ミゼラだからこそ、街の皆も受け入れてくれて、認めてくれたんだよ。

「ううん。言わせてほしいの。旦那様には、いっぱいのありがとうを言いたいの」

ミゼラが俺の前に立ち、そっと手を取って優しく両手で包み込み目を閉じる。

「手を差し伸べてくれて、ありがとう。背中を押してくれて、ありがとう。錬金を教えてくれて、ありがとう。たくさんの人との繋がりを作ってくれて、ありがとう。私を……成長させてくれて、信じてくれて、幸せにしてくれて、ありがとう」

一つ一つのありがとうに思いを込められ、ずっしりとした重みを伴って放たれる。

その一つ一つを、俺も真剣に受け止めていく。

「貴方《あなた》に、出会えてよかった。本当に嬉しいの。だから……ありがとう旦那様」

最後のありがとうには満面の笑みを乗せて。

俺はその光景に見惚れつつ、ミゼラの言葉を心に染み渡らせていく。

「俺のただの我儘《わがまま》なんだけどな……」

「その我儘に、私は心まで救われたのよ。……その……救われただけじゃなくて、奪われもしてしまったのだけれど……」

きっと今、ミゼラの顔が赤いのは街の明かりのせいではないだろう。

「……奪った以上、責任は取るよ」

「当然よ。ふふ。大好きよ。旦那様」

「ああ、俺も――」

俺がお礼を言い終わる前に、光の奔流に俺とミゼラが包まれた。

地面には魔法陣のようなものが出来上がっていて、太い光や細い光がうねりを上げて天へと昇っていた。

「きゃっ……」

「なんだこれ……っ！」

やがて天に昇る光が一つ、また一つと俺らに巻きつくように囲い始め、やがて一つの大きな光の柱となった。

俺はミゼラを抱き寄せて頭を抱え、万が一にも放してしまわぬようにと強く抱きしめた。

やがて光の柱は地面の魔法陣のようなものに吸い込まれるように薄れていき、魔法陣ごと何事もなかったかのように消え去ってしまった。

「な、なんだったんだ……？」

「んん。んんうー……っ！」

「あ、悪い。大丈夫か？」

「ぷはぁっ……ええ。大丈夫」

思わず強く抱きしめすぎてしまったらしい。

息苦しかったのか顔が真っ赤に染まってしまっていた。

そういえばこんな事、前にもあったな……。

「……今の、もしかして……」

「ミゼラ？」

ミゼラが自分のギルドカードを開く。

そして……。

「やっぱり……」

「どうした？」

「今の、一生の誓い《オンリーワン》だったみたい」

「えっ……」

一生の誓い《オンリーワン》っていってあれだろ!?

ハーフエルフが唯一度《ただ》、生涯体を許す事が出来る相手を決めるっていう……。

無意識にミゼラの顔から体の方へと視線を一瞬向けてしまった。

「いきなり……何考えているのよ」

「いや、すまん。でも……いいのか？　俺で……」

「いいんじゃない？　本能で発動しちゃったんだもの。それとも、私みたいな線の細い貧相な女は嫌？」

貧相って訳じゃあない。

りっぱなぱいもあれば、腰だってくびれているし、最近はうちで食事をしているから所々立派に育って……ってそうじゃないだろう。

「嫌な訳ないだろう？」

「それならいいのよ。それに貴方が良かったの。ちゃんと発動してくれて、今私はとても嬉しいのよ」

っ……そんな事を言われてしまっては……。

わかった。俺も男だ。男として責任を取ろう。

俺はミゼラの背中に手を回し、ぎゅっと抱きしめる。

「い、いきなりなの!?　それに、こんな、初めてが外でだなんて――」

「幸せにするよ。約束通り。これからも」

あの日、ミゼラが自分の過去を打ち明けてくれた時に、幸せにすると誓ったからな。

「……ええ。これからも、よろしくお願いします。旦那様」

「ああ。よろしくな」

そのまま、俺達は椅子へと座りなおす。

当然の如《ごと》く、ぴったりとくっつくように寄り添って。

ミゼラも俺の肩に頭を当てて、一緒に街の方を眺めながら話す事にした。

「あ、ミルクセーキ……。ねえ、ちょっと頂戴？」

「そこに自分のがあるのにか？」

「うん。面倒だもの」

「さて、このぐうたらさんをどうしようかな」

「あら、いじわるね。私を幸せにしてくれるんじゃないの？」

「これも含まれるのか？」

「含まれるのよ。……今は、旦那様のすぐ近くにいる事が、幸せなんだもの」

柔和な笑みを浮かべて優しくそっと腕を取り、離した頭をもう一度肩にのせてくるミゼラ。

そんな表情を浮かべられては断れるわけもない。

つくづく俺は甘いかなあ……と思わなくもないが、今夜くらいは、何でも叶えてあげようか。

「はぁ、御自分で飲めますかお嬢様？　なんなら口移しにでもいたしましょうか？」

「ばか」

くっくっくっと二人で笑いあい、そのまままたわいのない話を続けた。

これまであった事や、ミゼラの知らない人の事。

元の世界の話や好きな物嫌いな物。

温泉を持っている事や、ミゼラの好きなおかゆの事。

「温泉まで持っているのね……」

「気になるなら、入りに行くか？」

「そうねえ……今度是非、お願いしようかしら」

「今度と言わず、今でもいいぞ？」

「……また一緒にお風呂に入りたいだけでしょう？」

「ばれたか」

まあ、おちゃらけたがミゼラが入りたいというのならすぐにでもと思っただけだ。

やましい気持ちは本当になかったんだぞ。

「……この後の、その後で、温泉をお願いしようかしら」

「この後のその後って……っ」

それって……そういう事だよな。

「……いいのか？」

「き、聞かないでよ……あ、でも勿論ここじゃ駄目よ？　旦那様の部屋で……なら」

真っ赤に染まった顔を隠しながら、恥ずかしそうに言葉を紡ぐミゼラを見て、きゅうっと心が摑《つか》まれた。

「……ミゼラ俺さ、改めてお前を幸せにするって誓うよ」

もう一度、心から。

心よりの気持ちを伝えるよ。

「……ありがとう。でも、言わなくてもちゃんと伝わってるわよ」

「うん。でも、言いたくなったんだ」

言葉にしなくちゃいけない事は、世の中にはたくさんある。

たとえ伝わっていようとも、改めて宣言し、自分自身にも誓う事に意味がある。

「そう……。でもね、そんなに気負わなくても構わないのよ」

「え……？」

ミゼラが俺の頬へと手を伸ばし、そっと添えると――。

ちゅっ。っと、唇と唇が重なりあう。

「もう、十分以上に幸せだもの」

ほんの一瞬の、ミゼラからしてくれたキス。

ミゼラは唇を離すと、顔を少し赤くしながらもにこりと微笑んだ。

俺は少し呆《ほう》けた後に立ち上がってミゼラを強く抱きしめる。

「え、え？　ちょっと、きゃぁ……」

そのまま俺はミゼラを抱きかかえ、リビングを通り俺の部屋のベッドへとそっと優しく降ろして寝かせ、覆いかぶさるようにして唇を重ねた。

「んんっ……はぁっ」

唇を離すと、まだ緊張しているのか体が強張《こわば》っているミゼラ。

その姿が愛《いと》しくてもう一度唇を押し付けると、しっかりと受け止めてくれる。

「ん、ちゅ……っぁ……ん、ふー……」

口付けの合間に甘い吐息が漏れ出し、とろんとした瞳が俺の瞳を力なく見つめ返していた。

「んぁ……もう、強引なのね」

「はぁ……はぁ……駄目だったか？」

「……駄目だったら、ちゃんと伝えているわ」

また何度も、何度も、唇を重ね合わせ、呼吸を混ぜ合わせるようにして荒い息を重ね合う。

「……ミゼラ。好きだよ」

「……うん。私も好きよ。……いっぱい、幸せにして」

腕を伸ばし、くしゃくしゃの笑顔で俺を受け入れてくれるミゼラ。

体を乗せて重ね合い、口付けをしながら優しく、丁寧に、愛しき人を愛していくのだった。

第四章 お祭りのご褒美

寝不足だー……。

しかも温泉の温かさがとても眠気を誘う。

このまま眠ってしまえばきっと幸せな夢を見る事が出来ると思うのだが、流石《さすが》に危ないので耐える。

「……旦那様嫌い」

「ええっ!?」

眠気も覚めるような一言に俺の上でうつ伏せのようにして重なり、腕を首に巻くミゼラへと目を向ける。

ミゼラは非難を露《あらわ》にした視線を隠そうともせずに俺へと向けていた。

「私、優しくしてねって言ったのに……」

「凄《すご》く優しくしましたよ!?」

「ふーん。私が初めてってわかってたくせにあれだけけしして? 張り切りすぎじゃないかしら?」

「え?……あー……」

「……も、もしかして、あれで抑えてたつもりだったの? まるで絶倫皇ね……」

絶倫皇って、ヤーシスが俺が家を手に入れた際にくれたお薬の元のアレな人だったよな？

ミゼラまで知ってるって本当に有名なんだな……。

「……貴方《あなた》がウェンディ様達《たち》全員と恋人な理由がわかったわ」

「そんな理由じゃないんだけど……」

自分の性欲を一人では受け止めきれないだろうから、複数の恋人がいるわけじゃないよ!?

というか、元の世界じゃぁ割と普通だったはずなのに、こっちの世界に来てから自分でも驚くほどなんだよ。

食べ物の違い……いや、それだけ皆が魅力的って事なんだろうな。

「はぁぁ……腰がまだ動かせないわ……」

「大丈夫か？」

俺の肩に手をのせて膝立ちしようとしたらしいが、まだ無理だったらしく元の体勢に戻る。

少し体を浮かし、俺に抱き着いていると俺の視線の先はミゼラのお尻へと向けられるのだが……

流石にもう今日は自重する常識くらいは持ち合わせている……はずだ。多分。

「……旦那様は大丈夫なのね」

「鍛えているからな！」

「……変態」

「そういう意味じゃなくてですね？」

最近体を本格的に鍛え始めたからって意味ですよ勿論《もちろん》。

ほら見て。お腹《なか》もぽよぽよじゃないんだよ。

割れてる……までは言わないけれど、少し硬くなったと思うのさ。

「……本当。少し硬いのね」

「おおぅ……」

指でツーっとお腹周りを弄《いじ》らないでください。

ぞくぞくっとしちゃいます。

というか、密着されながらそういう事されると反応してしまいそうでして……あ、そっちは……。

「……変態」

「不可抗力だと思うの……」

「まだしたりないの?って……したりないのでしょうね。絶倫皇だものね」

「人違いですぅ……」

まるでとか、副詞すらつかなくなってしまった……。

「……今日はもう駄目よ?　本格的に動けなくなっちゃうもの」

「わかってるっての……まあ、どうせ今日はお休みだからな。街も二日酔いばかりで機能していないだろうし、家で休養がてらまったりしていいようぜ」

「……休養だからって、駄目よ?」

「わかってるってば……」

この後、ミゼラが動けるようになるまで温泉を満喫したのだが……気に入ったのか手持無沙汰だったのか、お腹やら腕やらをやたらと触られまくられた。


さて、ミゼラも温泉を大層気に入ったようだが、流石に夜明け近くまで起きていたから眠かったようで、家に戻ると大きく欠伸《あくび》をして自分のベッドでお休みしてしまった。

俺も同じく欠伸が止まらないほど眠いのでこいつはどっぷり夕方くらいまで惰眠を貪ろうと思ったのだが……。

「……いらっしゃい。顔色は良さそうだな」

「ええ。昨日はたっぷり休みましたもの。そちらは夜更かしでもしましたの？　随分と眠そうですわよ？　それに温泉の香りがしますわね」

「あー……さっきまで入ってたもんで」

「さっきまで？　ああ、空間魔法ですのね。転移スキル……やはり便利のようですわね」

察しが良くて助かりますね。

それで、こんな朝っぱらからどうしたのだろうか？

「……温泉に連れて行って欲しいのか？」

「そうしてくださるならば、それ相応のお礼は致しますわよ？」

ペロリと上唇を舐《な》めるメイラは随分と色っぽい。

たまに大人の雰囲気を出して妖艶な空気を持ってくるから侮れないんだよな。

「ですが、残念ですけれど今日の用事は違いますわ。お祭りが終わったのでご報告と、お仕事の話ですわよ」

「報告？　なんだ？　うちの露店が優勝でもしたのか？」

「いいえ。残念ですけれど、今回の優勝は孤児院の子供達が作るお好み焼きでしたわ」

「おーそうかそうか」

まあ、あれだけ大盛況ならばそうだろうな。

きっと大喜びだった事だろうさ。

「あの子達、今後もお店を出していくそうですわね」

「そうだな」

「で……販売の権利を取っていないようなので、私が押さえておきましたわよ」

「おい、それって……」

「勘違いしないでくださいまし。あの子達の権利を守るためですわ。今後、数年間はこの街で似たようなものを他の方が出す場合は手数料がかかるようにして、それをあの子達に支払われるようにしておきましたわ」

お……おお……。

確かに、他の人が真似《まね》ようと思えば簡単に真似られるだろうな。

ソースやマヨネーズは少し難しいかもしれないが、お好み焼き自体はとてつもなく簡単な料理だからな。

ちゃんとした料理人が作ったら、売れ行きが不調になる可能性もあるが、数年間でも権利が保障されるのであればその間にこの街の名物として根付かせる事も可能だろう。

「勿論、開発者である貴方が受け取りたいというのならば変えられますわよ」

「いや、そのままでいいよ」

「そう言うと思っていましたわ。本当に、欲があるのかないのかわからない方ですわね……」

まあ、あの子達や今後アインズヘイルの孤児院に入る子供達が健やかに育つためならば惜しくはないさ。

それに……使用料の話ってのは、他所《よそ》から来た人達用だろう？

この街に住まう人ならば、孤児院の子達の仕事を奪うような真似はしないだろうしな。

「……では、欲のない貴方に商談ですわ。もし、他の方々が手数料を払った場合、あの鉄板の貸し出しを可能にして、料金をつける事にしたいのです。勿論手数料は幾ばくか頂きますけれど。ですので、いくつか生産をしていただけますか？」

「あー……わかった。ありがとな」

流石はメイラ。先読みと一手では終わらぬ見事な商才である。

出来る女だよなあ本当に。

「順調に進んで良かったですわ。さて、それでは本題に入りますわね」

「ん？　今のが本題じゃないのか？」

「ええ。先ほど、子供達が優勝だと言ったでしょう？」

「ああ」

「それで、子供達はキングホワイトキャタピラスの半分を貴方に――」

「いらないです！」

どれだけ美味《うま》くとも、どれだけ高級であろうとも、孤児院の子供達の気遣いだろうとも虫はいらないです！

気持ちだけで本当の本当に充分だ！

「……と、言うと思ったから私からのご褒美に代えておきましたわ」

流石はメイラ。

先読みと気遣いの出来る見事な手腕である。

出来る女だよなあ本当に。

「ん？　褒美をメイラが出すのか？　いいのか？」

「ええ。私も携わったお祭りを盛り上げるのに一役も二役も買っていただきましたし、これくらいは構いませんわよ」

「おお……なんか悪いな。それで、何をくれるんだ？」

「うふふふ。聞いて驚きなさい！　私とダーマが現在手掛けている豪華絢爛《ごうかけんらん》リゾート地である、『ヒャワイ』の高級宿にご招待いたしますわ！」

豪華絢爛、リゾートホテル……っ！

ダーマとメイラが手掛け、わざわざ豪華絢爛とまでつけるという事は、かなりのものだと予想が出来る。

「それは、俺達全員で……？」

「勿論ですわよ。皆様をプレオープン時にご招待いたしますわ。青い海と白い砂浜のある海沿いの高級リゾートホテルですわよ。夕暮れ時には水平線に沈む夕日を眺め、高級食材をふんだんに使ったロマンティックなディナーを楽しめるスペシャルコース。そしてお部屋はロイヤルスウィート……キングサイズよりも大きなベッドのある一番のお部屋ですわ」

「す、すげえ……」

それヒャワイっていうかハワイでは？

海沿いのリゾート地で、偶々《たまたま》名前が似るなどあるのだろうか……？

しかも、キングホワイトキャタピラスよりよっぽどすごいんじゃないか？

そんなものを貰《もら》って良いのか？　いや良いから言っているんだろうけどさ。

「あ、高級ディナーって大丈夫か？　シロは別格として、アイナ達も結構食べるぞ……？」

「食べ放題をお約束しますわ！」

ドヤ顔だ！　凄い、自信だ！

知らないぞ？　俺は止めないからな？　恐らくシロは普段よりも高級で美味《おい》しい料理に普段以上に胃袋を解放するぞ？

「私とダーマが携わる高級宿ですわよ？　お客様には百％以上のご満足を与える事をお約束しますわ」

俺の心配すら一蹴するような自信である。

そこまで言うのなら、シロにも期待感を持たせて言っちゃうぞ。

「どうです？　受け取っていただけますか？」

「勿論だ！」

だって海だよ海！

新鮮な海産物、更には白い砂浜もあるって事は……むふふ。

はっ！　待てよ……？　そもそもこの世界は魔物がいる世界。

海で海水浴なんて、普通は出来ないのではないか？

つまり……水着がない可能性も……？

いかん。それはいかんぞ。

はっ！　そういえば王都でオーダーメイドのお店があったな。

急に頼むと忙しくて難しい可能性もあるが、たまたま隼人《ハヤト》の紋章をつけて伺えば、どうにかなるかもしれん。

勿論、事後承諾にはなるが、隼人には話を通すけどな。

……レティ達の分も後で作ると言えば許してもらえそうな気がするな。

「ちなみに、一つ条件があるのですけれど……少し困った事がございまして、その解決にご協力をしていただきたいのですが……」

「んー……ああー……わかった」

「本当ですの!? 助かりますわ……そのせいでオープンが出来ないんですのよ……」

「そっか……うーん……」

王都までは転移で飛ぶとして、何が必要だ……？

口頭だけじゃあ伝わりきらないだろうし、となると設計図か……？

いや、そもそも適した素材はあるのだろうか？

「……どうしましたの？」

「んんー……メイラ」

「なんですの？」

「ああ。何か水を弾《はじ》く布のような素材はないか？」

「水を弾く……それならば、水竜蜥蜴《シードラン》の皮が良いと思いますわ。水を弾き、加工もしやすいですすわよ」

「それ、すぐにでも手に入れられるか？　六……いや俺も含めて七人だからそれなりに大量に」

「ええ……在庫がありますので……。もしかして、何かするおつもりですの？」

「ああ。悪いんだが、出発はそれが終わってからでも構わないか？」

これがないと、俺のリゾートは始まらないんだ。

これがないと、俺の願望は叶《かな》わないんだ。

「……構いませんわよ。リゾート計画以外に仕事もございませんし……。ただ、なにやら面白そうですし私の分もお願いしますわね」

「わかった。それじゃあすぐに頼む」

「ええ。それでは、一旦帰ってからお持ちしますわね」

メイラまでとは、願ったり叶ったりだな。

流石に自分では作れないし、ウェンディを頼るのも何か違うし、やはり王都に行くしかないか。

「あ、ご主人様。おはようございます」

「おはようウェンディ。悪いんだけど、俺は暫《しばら》く籠《こ》もった後に出かけるからあとはよろしく頼む」

「え、あ、はい。わかりました。お仕事ですか？」

「いや、趣味だ！」

まずは錬金室に向かいデザインを考えねばな。

しかし、ここはプロの意見も聞き入れたいところなので、メイラが来る前に軽く草案を作る感じにしよう。

ウェンディには、やはりあの店で何を着せたいかと思った時に一番最初に出てきたビキニとパレオだろう。

そして、ソルテは……これだな。

アイナは……で、レンゲはこう。シロはこっち……、でミゼラは恥ずかしがり屋だから布地を多めに……それで、メイラはセクシーに……。

細かいところもこだわりを持ちつつ、それぞれの特徴を生かしたものに仕上げねば……。

絵を描くのはあまりうまくはないのだが、解説付きで説明を入れればきっと俺のこの情熱はわかってくれるだろう。

「お待たせいたしましたわ」

「お、早かった。こっちもちょうど終わった所だ」

「早かったですか？　もうお昼を過ぎてしまっていますけれど……」

「……あれ？」

結構時間経《た》ってたみたいだ。

確かに腹具合を考えると、今にも鳴りだしそうな程にお腹が空《す》いている事に気づく。

「はあ……ウェンディさん達が心配しておりましたわよ」

「出かけるのは昼飯を食べてからにするか……。メイラも食べていくか？」

「残念ですけど、ダーマにも知らせねばなりませんのでお暇《いとま》しますわ。次の機会はご一緒しましょう」

「そっか……残念」

「そちらの図面の方は楽しみにしていますわね。それでは。よろしくお願いしますわ」

「おう。こちらこそよろしくな」

急ぎの仕事はないそうだが、メイラの忙しいと俺の忙しいは次元が違いそうだからな……無理は言えまい。

それじゃあ昼飯ついでに皆に知らせておくとしよう。

せっかくの旅行なのだし王都の時やユートポーラの時のように行く直前に言うと準備不足を怒られそうだからな。


さて、ウェンディが作った朝ご飯＋お昼ご飯を食べていると皆が食堂に集まった。

ミゼラも起きたようだが、まだ眠いのか頭を揺らしてうとうとしながらフォークを握り、ソーセージを刺せずにコロコロと皿の上で転がしてしまっているが、伝えるとしよう。

「えー。この度、メイラのお誘いで豪華リゾート地に行ける事になりました。はい拍手」

「「「「へ？」」」」

はい、ポカーン頂きました。

シロとウェンディは俺の拍手の言葉に反応して小さく拍手をしてくれました。

ミゼラは反応してません。まだコロコロしてます。

「行ける事になりましたって……どういう事？」

「お祭りを盛り上げたのでご褒美だそうです」

良い事なので目を吊《つ》り上げないでくださいソルテさん。

「ご褒美……え、ただでって事っすか？」

「そうです」

ただじゃなくても皆で旅行には行きたいですが、今回はなんとただなんですよレンゲさん。

「それはつまり皆で旅行……という事ですか？」

「そうなんです」

ウェンディの疑問に答えると、一瞬だけ沈黙が訪れる。

そして、わあっと一気に盛り上がった。

「旅行っすか！　しかもリゾート地！」

「場所はどこなのだ？　リゾート地という事は、周囲の魔物は弱いとは思うが……」

「えっと……ヒャワイって言ってたぞ」

「キャー！　完全に海沿いの高級リゾート地じゃない！　どうしよう。お金あったかしら……？」

「何言ってんすかー！　ただなんっすし、お金はあんまりいらないっすよソルテ」

「レンゲこそ何言ってんのよ。ヒャワイ旅行なんだからおめかししないと……。化粧品とか、可愛《かわい》い服とか買って行きましょうよ！」

「主君。具体的にいつから行くのだ？」

「俺が少し用事あるから、それが終わったらだな」

「それでは時間はあるな……よし。ソルテ。今日はクエストを受けに行ってお金を稼ごう。そして、私にも服を見繕ってくれ」

「わかったわ！　可愛い服と、可愛い下着も買わないと……」

「ん。海沿い……海産物沢山食べたいー」

「あ、ディナーは高級料理の食べ放題だそうだ」

「高級料理……食べ……放題……？」

シロが目を見開いて衝撃を受けている。

まあ、普段から俺達が食べている食材もそれなりに高級食材ではあるが、流石に食べ放題というほどではないからな。

美味しいお肉は勿論食べたいが、量を食べるならば通常のお肉で嵩《かさ》を増やすなど工夫をしないと、一月の食費が……。

だが、今回はメイラからのご褒美なので我慢しなくていいのである。

「シロ……遠慮なく食べて良いそうだぞ」

「おお……わかった。ぬからない！」

シロの目が輝きを放ち、気合に満ち溢《あふ》れている。

これは……大変だぞメイラよ。

後悔しないといいが……。

「お出かけ……？　お仕事は……どうするの……？」

「あー……事前に大量に作るしかないな」

「ん……わかった……頑張るわ……」

ミゼラはまだ眠いのか頭をふらふらさせながら、ソーセージに悪戦苦闘しているようだが、一応聞いてはいるようだ。

ミゼラの仕事量は増えたばかりだが、あまり頑張りすぎて体調を崩さないようには注意しておこう。

「それじゃあ、各自旅行に向けて準備をしておくように！」

はーい！　と、皆から元気な声を頂くと皆顔が明るく楽しそうに旅行について話し合っている。

俺も海なんて久しぶりだからとても楽しみだ！

……鍛錬しておいて良かったな。

でも、もう少しお腹周りを鍛えておこう。

そして、この後は王都の服屋に伺って……むふふ。

やはり馬車の旅は楽しいなあ。

王都といいユートポーラといい馬車で移動するたびに思うね。

二回目以降は座標転移《ポイントゲート》で移動するんだけどな。

馬車なんて元の世界じゃあまず乗る機会はなかったし、これからどこかに出かけるんだという気が高まってテンションが上がるのだ。

御者はアイナが受け持っており、俺は荷台と御者台を行ったり来たりして全力で旅を楽しんでいる。

「……はあ」

「ん？　どうしたミゼラ。テンション低いな。馬車に酔ったのか？」

「違うわよ……。お仕事。間に合わなかったから……」

「あー……」

ミゼラは頑張ったんだからあれ以上はしょうがないさ。

足りない分は俺の回復ポーションで補っておいたのだし、問題はないはずだ。

効果は大して変わらないのだし、ミゼラのじゃなきゃ嫌だ！　とか言う我儘《わがまま》な奴《やつ》にまで気を使う必要はないと思うぞ。

「まあ、冒険者ギルドのギルド長もわかってくれてたし、気分を変えて楽しもうぜ？」

「初めての旅行だし、とても楽しみではあるのだけれど、それでもやり遂げたかったのよ……ごめんなさい。もう少しだけ反省させて」

ミゼラも楽しい気分に水を差したくはないのだろう。

だが、やはり真面目《まじめ》だから請け負った仕事はこなしたかったという気持ちも捨てきれないらしい。

もう少し時間が必要そうだが、とはいえ楽しみたいという気はあるようなので安心した。

「主君！　こっちに来てくれ！　バンブーメーメーがいるぞ！」

「バンブーメーメー？　魔物か？」

アイナの隣に座り、アイナが指さす方を見ると竹藪《たけやぶ》があり、そこに白や緑色の毛を持った羊がいた。

「ああ。大人しい羊の魔物でな。食用にもなるが、あまり狩る事は推奨されていないのだ。冒険者はあの毛だけを刈り取るようにしている可愛い魔物だ」

「おお……魔物だけどもふもふだ……。羊毛が取れる魔物なんだな」

「倒してしまうと肉しか取れないのだが、毛だけ刈れば羊毛が取れるのだ。肉も不味《まず》くはないが、あの毛で作る糸がなかなか頑丈で、軽くて頑丈な布装備や、鎧《よろい》の内側にも使われるのだ」

へえ……防具に使われるなんて、そいつはまた随分と頑丈な糸なんだな。

おーおー。竹の葉っぱを食べてる。

なるほど。だからバンブーメーメーなのか。

「うーむ……今日は風もあるし……お。突風だ。主君。見ておけ」

「ん？」

確かに突風だが、何が起こるのだろうか？

お？　竹が突風でしなり……って、物凄いしなるな。

「あの竹もこの地域の特産品で、ウィップバンブーという竹なのだ。強度も高くてなかなか折れず、柔軟性も高い竹で突風があればああやって大きくしなるのだ」

「ちょ、あれしなりすぎじゃないか？　ウィップって……まさか……」

ウィップバンブーって、その名の通り竹の鞭《むち》って事だよな？

あのままじゃメーメーが！　メーメーが竹にバチコンされてしまう！

そんな可哀想《かわいそう》な姿見れないよ！

「主君大丈夫だ。悲惨な事にはならないさ。何故《なぜ》なら……」

いや、大丈夫ってああ！　風がやんでバンブーが戻ってきて……戻って……あれ？　メーメーの毛が滅茶苦茶増えてる！

そして、勢いよくウィップバンブーが当たったはずなのにけろっとしている！

むしろ打たれた事よりも舞い落ちる竹の葉にしか興味がないようだ。

「バンブーメーメーは危険が迫ると自分の毛を伸ばしてガードするのだ。そして、伸びた毛を刈るとより長い羊毛が取れるという訳だ。ソルテ」

「はーい。せっかくだし刈ってくるわ」

「ん。シロも行く」

「おお……。あ、ついでに竹も少し頼んでいいか？　何かに使えるかもしれないし」

「ああ、その際は上の方の葉を与えると良いぞ。あいつらは竹を切ってそのまま持っていこうとする時だけは怒って突進してくるからな」

「ん。わかった。行ってくるー」

少し馬車を止め、シロとソルテが竹藪へと近づいていく。

バンブーメーメーも人に慣れているのか、シロとソルテが近づいていっても竹の葉を食べるのに夢中のようだ。

むしろ、毛が伸びすぎて食べづらそうなので早く刈ってくれと言わんばかりに顔の位置はそのまで体だけずらして刈りやすそうにしてくれていた。

そしてシロが低い位置の葉が食べつくされたウィップバンブーを数本切り取ると全てのメーメーが食べるのをやめてシロを見る。

そして、シロがウィップバンブーを横に倒して上の方の葉を切り落とし、メーメー達の前に差し出すと群がって来るので、その間に二人共帰ってきた。

おそらく、あのまま上の葉をあげないと全部のメーメーが突進してくるのだろう……。

やはり可愛くてもふもふでも魔物なのだな……。

「ん。主。取ってきた」

「ありがとう。おおー……本当にしなるな」

竹の長さと太さはそんなでもない……むしろ、かなり小ぶりだろう。

細い竹なのだが、曲げてもピンと立つ程の強靱《きょうじん》さと、かなりのしなやかさを持っているようだ。

「主様。メーメーの羊毛も沢山あるわよ」

「おお……本当に沢山あるな」

「バンブーメーメーの羊毛なら凄く細い糸にも紡げるのよ。刃物を使わなければ全然切れないからね」

「なるほど……よくしなる竹と頑丈な細い糸か……。そして、これから向かうのは海……と、来たら……釣り竿《ざお》でも作るとするか」

元の世界では上司に連れて行って貰い、沖堤防に一度行った事があるくらいだが、海をぼーっと眺めながら釣りをするのは良かったんだよな……。

ただ、あの時はトイレが不便でそれだけが心配だったんだが……。

「釣り竿？　バンブーメーメーとウィップバンブーでだなんて贅沢《ぜいたく》な釣り竿ね」

「ご主人釣りって、餌は虫っすよ？」

「いやいやいや。俺が虫を扱う訳ないだろう？　当然疑似餌も作るさ」

ルアーだよルアー。当然の如《ごと》くルアー釣りだよ。

たとえ餌の方が食いつきが良かろうともルアー釣りに決まっているじゃないですか。

「ご主人様がお作りになられるのですから、きっと大量ですね！」

「そうだな……そうなるといいなあ」

まあでも釣りは難しいからなあ。

プロだって釣れない日もあるのだろうし、一匹釣れてくれるだけでも嬉《うれ》しいだろうけどな。

よし。それじゃあ荷台で作業をするとしよう。

「旦那様？　何か作るの？」

「ああ。ちょっと釣り竿をな」

「見ていても良い？　少しでも勉強したいの」

「構わないけど、釣り竿作りがミゼラの勉強になるかはわからないぞ。まあでも、何か自分に活《い》かせる事があれば活かすといいさ」

「大丈夫よ。何を作るのかも大事だけれど、師匠の指の動きを見るだけでも勉強になるもの」

指の動きも勉強にはなると思うが、ちょっと恥ずかしいな……。

ま、まあとりあえず取り掛かるとしよう。

どうせなら竹の先に糸を垂らすだけではなく、元の世界にあるリールで糸を巻き取るような釣り竿を作るとしよう。

枝払いはシロがしてくれたので、ロッドは整えるだけで良いな。

あとは何が最低限必要だろうか？

糸は羊毛を紡いで作るとして、あとはロッドのガイドとリールかな？

ロッドのガイドはまあ、精巧に作る訳でもなければ簡単だろう。

問題はリールだよな……。

回転球体は当然使うだろうが、ただ回せばいいという訳ではないだろう。

流石に回転速度に応じてギアを変えるのは無理だろうが、魔力に応じてアシストされる感じにすればいいか。

元の世界の一般的な釣り道具ほど精巧に作る必要はないだろうが、ハンドルの回転と同じ方に回る方が作りやすそうだよな……。

横と縦の回転じゃあ歯車も作らなきゃならんしな……。

んんー……うろ覚えだが、リールの方にも確か巻き取った際に絡まらないように横移動するガイドのような物があった気がするな。

うわ……これ思っていたよりもかなり難しくないか？

「うーん……」

とりあえず、形にしてみるか……それでダメな所はトライアンドエラーの精神でやってみよう。

まずは糸を紡ぐんだが……そもそも糸を紡ぐってどうやるんだろうか？

「アイナちょっといいか？」

「む？　どうした主君」

「糸ってどうやって紡ぐんだ？」

「糸の紡ぎ方か……詳しくは知らないが、捩《ね》じって伸ばしていくんだと思うが……」

「ご主人様。私が出来ますよ！」

元気よくはいはいはーい！　と、手を伸ばして自己アピールするウェンディ。

晴れやかな程の笑みを浮かべて、体を弾《はず》ませるたびに大きなおっぱいが揺れていらっしゃる。

「じゃあウェンディ。お願いして良いか？」

「勿論です！　糸はなるべく細い方が良いですか？」

「ああ。強度はかなりあるみたいだし、出来るだけ細めで均一に頼めるか？」

「はい。それでは、申し訳ないのですが、糸紡ぎのための道具を作って欲しいです」

「わかった。ウェンディの指示通りに作るよ」

そして作ったのは、糸を巻き取る装置。

羊毛に捩じりを加えて繊維を引き出し、細く細く伸ばしていき、それを巻き取るための装置である。

早速ウェンディはその装置を使って羊毛のもこもこの塊を慣れた手つきで捩じっていく。

「凄いな……どんどん糸になっていく」

上機嫌で鼻歌を歌いながらもあっという間に糸巻きにどんどん巻き付けられ、この調子なら十分な量がもう出来てしまいそうだ。

「うふふ。ご主人様のお手伝いが出来て嬉しいです」

「普段から十分お世話になってると思うけどなあ」

「でもでも、ご主人様のお仕事やご趣味のお手伝いはなかなか出来ないじゃないですか……。温泉の時ももっとお役に立ちたかったんですよ？」

いやいや、源泉を見つけてくれたり凄く助かりましたよ。

それに、俺がこうして仕事や趣味に没頭出来るのはウェンディが家事をこなしてくれているおかげだとちゃんと感謝しているぞ。

「よし……それじゃあ、糸も出来た事だし俺もやるとするか」

まずはロッドにつけるガイドからだな。

手元側を大きな輪っか、先端を小さな輪っかにして、竹の節に合うように整えて……。

外れないように手形成《ハンディング》でしっかりと固定させる。

……うん。まあ、これで終わりだね。

こんなもんだよね。輪っかを取り付けるだけだからね。

こだわったのはきちんとした円になっているかどうかと、ちゃんと外れないようにするくらいだからな……。

で、問題のリールだよ。

とりあえず回転球体の形を筒状へと変化させ、更には回転の方向を整える。

ウェンディに作ってもらった糸を解けぬように固定してから巻き始めるが、やはりただ巻くだけでは偏りが出てしまうな。

ハンドルと連動して横滑りをするようにする機構を作る必要があるし、魔力を注いだらアシスト出来るように魔石も必要だろう。

……あれ？　ふと思ったが、別に商品化する訳でもないのだから魔石を別途用意する必要はないのでは？

俺の魔力を回転球体に注げば回転するのだし、魔石はいらないか。

ならば、まずはハンドルと回転球体の連動だろう。

回転球体の端を歯車のようにして、ハンドルと組み合わせる。

キャストした際にハンドルが回らぬよう、歯車を付けはずし出来るようにしておくのも忘れない。

「歯車……細かく作るのね」

「ああ。キャストした後に戻す際に入りやすいようにな」

あまり大きく作るとはまりづらいだろうしな。

これならば微妙にずらせば必ずはまるようになるだろう。

「なるほど……」

本来の物とは違うだろうが、結果さえ伴えばそれで良い。

これでスムーズな糸出しと巻き取りは可能のはず。

後はロックをかけられるようにして、これで巻き取りの最中に歯車が外れる事もないだろう。

そして、問題は巻き取る際の偏りだ。

ハンドルを巻いた際に糸の戻り口を横滑りさせ、そして戻ってくる機構を付けなければならない。

糸が横にずれながら巻く事で、山になった糸が崩れて絡まる要因を減らせるというわけだ。

で……どうすりゃいいんだろう。

横移動……だけなら、そこまで難しい訳ではない気がする。

だが、往復しないといけないとなると途端に訳がわからない。

なんとなく使っていた道具の細かいところに凄い技術が使われていた！ってパターンじゃないか？

とりあえず、巻いたら動くのだから絶対にハンドルからの連動である事は間違いないので歯車が繋《つな》がるようにはしておこう。

……で、どうしようだよ。

棒を付けてみたが、ただ棒が糸の上を回るだけだよ。

輪っかを作ってみても、当然の如《ごと》く動くわけもないよ……。

もっと歯車を増やして複雑にするか？　いや、でもそうすると本体のサイズが扱いづらくなりそうだ。

うーん……最悪、自分の指で偏りを調整するって事も視野に入れた方が良いかもしれないな……。

「む。主君。少し揺れるぞ」

お？　おおお、ガタガタと揺れて、馬車の荷台部分が少し斜めに移動したようだ。

馬が転ぶんじゃないか？　と思ったのだが、アイナが上手《うま》い事操作してくれたらしい。

「作業中にすまない。大丈夫だったか？」

「ああ。どうしたんだ？」

「轍《わだち》に車輪を取られてしまったようだ。恐らく、最近雨が降ってぬかるんだところに馬車が通り固まってしまったのだろう」

ああ、地面が固めの土だもんな。

まあ、踏みつぶせずに車輪が流れる事も……あ。

それだ！

「アイナナイスだ！　いい案が浮かんだ！」

「む？　何やら良くわからないが、主君の役に立てたのなら嬉しいぞ」

そりゃあもうとてつもなく役に立ったとも。

おそらく、本来の作りも同じような感じだろうさ。

よし。まずは連動する歯車に金属の棒を取り付ける。

そして、轍のように跡を付けるのだが、先に目印となるように下彫りをする。

金属の棒に模様を描くように回しながら線を描き、端まで来ると緩やかに戻るようにして、一筆書きのように最初の位置に繋がるように下彫りを進めていく。

そして本彫りに進むのだが、細部にまで目を配り、歪《ゆが》みやほんのわずかなズレを修正。

そして、輪っかの付いたガイドを取り付け上下移動しないように固定して、彫った溝に合うようにとっかかりを付ければ……。

「完成……っと」

実際にハンドルを回してみると、連動した金属の棒が回り、線の跡をなぞるようにして輪っかが横移動し、端まで来ると折り返して戻っていく。

「ふぅぅ……何とかなったかな……」

結局簡単に作るはずが、構造が難しすぎて失敗作も数多く出来てしまったが、一度完成してしまえばこれが壊れてしまった時などは『既知の魔法陣《エクスペリエンスサークル》』で作り直せるのは素晴らしい。

「凄い……。流石は師匠ね。どうしたいのかは私にもわかったから考えてみたのだけれど、溝を彫るなんてそんな方法は浮かばなかったわ」

「アイナのおかげだな。ちょっとした事がヒントになったって訳だよ」

ナイスタイミングだったな。

おかげで到着前には完成出来そうだ。

「同じヒントが私にもあったはずなのだけれど……これも経験の差なのかしら」

「そうかもな。実際に轍に車輪が足を取られた事が俺にはあるから、その経験もあってのひらめきだと思うぞ」

「そうね。頭でばかり考えていないで、もっと色々経験してみないと……。うん。旅行も経験よね」

うんうん。これでミゼラも旅行を存分に楽しんでくれる事だろう。

釣り竿も出来たし、良い事ずくめだな。

「そうそう！　経験は大事って事っすよ！」

ん？　なんだ？　なんでいきなりニヤニヤしながら、弟子と師匠の間に割って入って来たんだ？

ウェンディもニコニコしているし……なんだろう？

「そうですね。経験！　は、とても大事です」

「あー……そうね。やってみないとわからない事だらけよね」

「そうっすそうっす。経験してみると、自分の殻を破れる感じなんすよね！　ねえミゼラ！」

ソルテも何か察したらしく、不敵な笑みを浮かべながらレンゲと共にミゼラへと笑顔で詰め寄り、わざわざ横に座って何をするつもりなのだろうか。

「えっと、そう……ね。そう思うわ」

当然ミゼラは困惑し、二人を警戒しながら交互に見るのだが、二人は怪しい笑みを浮かべたままなのが何とも不穏な感じがする。

「む？……ああ、ミゼラも主君に抱かれたという話か」

「「んぐっ」」

御者台にいるアイナから思わぬ直接的な表現が飛んできて、思わず鼻から音が出た。

ミゼラも同じだったらしいが、同時に左右に座るレンゲとソルテに目を向け、ニヤニヤが加速した二人に思わず正面のウェンディを見ると……。

「うふふ。おめでとうございます。ミゼラ」

残念ながら、正面にも逃げ道はなかったらしい。

顔を真っ赤にし、あたふたしている姿が可愛いのでもう少し見守ってみようと思う。

なあに、いざとなれば俺が犠牲になるさ。

なんと言っても俺も渦中にいるのだから！

「な、なんで、皆知って……まさか、聞き耳を……？」

「いやいや。聞き耳を立てるまでもないっすよ。同じ家に住んでいて、あれだけの声と音……獣人が気が付かない訳ないじゃないっすか」

ピコピコと二人揃《そろ》って耳を動かすソルテとレンゲ。

シロはこの周辺の魔物が弱いとはいえ、一応周囲の警戒に出ているので姿は見えないがきっと耳を動かして頷《うなず》いている事だろう。

「っ……！」

「まあまあ。ミゼラも主様が好きって事でしょう？　私達も同じなんだし、気にしない気にしない」

「そ、そんな事言ったって、恥ずかしい物は恥ずかしいでしょう！」

「ミゼラ。ご主人様と愛し合う……それは、恥ずかしい事ではありませんよ。私達の愛がお互いに伝わる素晴らしく尊い事です。それともミゼラは、嬉しくはなかったのですか？」

「そんな事は……私も、嬉しかったです……。旦那様を好きになって、皆さんと同じになれて……」

ミゼラが少し正直になり、三人も見守り態勢に入る。

つまりこれは、最初から俺をターゲットにしたものだったようだ。

ミゼラを見守りつつも、ソルテとレンゲがニヤニヤと俺を見ているのが間違いない証拠だろう。

「いやあ……いつかはそうなるだろうと思ったっすけど早かったすねえ」

「そうね。間違いなくなるとは思ったけど……。それにしても、お祭りの夜にっていうのは羨ましいわよねえ……」

「一生の誓い《オンリーワン》ってどんな感じだったんすか？」

「主様優しかった？　私の時は――」

「あ、あの！　お話はします！　しますから、旦那様のいないときにでお願いします……！」

うん。俺としてもなんだかこっ恥ずかしいので、俺のいないところでやってくださいな。

はいそこ。わざとだってわかってるからつまらなそうな顔しないの。

ミゼラは俺を庇《かば》ったわけではなく、本当に恥ずかしいのだろうな。

顔を真っ赤にして俺の方をちらちらと見ており、ウェンディが『ごにょごにょ…………一緒に……ご主人様の……挟んで……ごにょごにょ……』と、断片的にしか聞き取れなかったがそれを聞いたミゼラは更に顔を真っ赤にしてしまったのであった。

今回の旅は穏やかなもので、虫系の魔物もおらず落ち着いた気持ちで景色を楽しんでいた。

周囲の警戒はシロが荷台の上でしてくれているのだが、余裕なのかお昼寝の真っ最中である。

バンブーメーメーといい、このあたりの魔物は大人しいようで、遠くに姿が見えてもこちらを襲ってくる様子はないようだ。

「おー……あれは兎《うさぎ》か？」

「うむ。あれはホールラビットだな。警戒心が強く、近づくと地面に潜る魔物だ。肉は中々美味だぞ」

この辺りは羊といい兎といい草食動物の魔物地帯なのかな？

見た目だけなら可愛いのだが、魔物なんだよな……。

「じゃあ弓で射るのか？」

「そうだな。それか魔法で遠距離からが基本だ。あとは肉は取れないが穴に向かって火や水の魔法を放つのも手だ。主君の不可視の牢獄《インビジブルジェイル》で押し潰したら、レベル上げにはなると思うぞ?」

「……やめとくよ。今回は旅を楽しみに来ただけだしな」

流石に可愛そうだからそんな事出来ないよ……。

いくら魔物とはいえ、凶悪ではないようだし、見た目可愛いしもふもふだし……。

多分そんな事をしたら罪悪感に苛《さいな》まれてしまうのでレベルよりも心の平穏を俺は望むのだ。

「お、そろそろ海が見えて来たな……」

ユートポーラといい、街道を作った人は良くわかっている。

少し小高い丘から見下ろすこのファーストコンタクトたる光景のなんと美しい事か……。

道の先にある街。更に進んでいく先にある広大な青い海。

ああ、潮の香りが強くなってきたな。

元の世界で車で旅行に行った時などは、海に近づくと窓を開けて潮の香りにテンションを上げたもので、自然と口がにやけてくる。

「主君。もしかして、あの建物ではないか?」

「あれか? 結構……いや、かなりでかいな」

まだ距離はあるのだが、いくつかの建物の中でひときわ目立つ真っ白い建物が一番に目についた。

遠目から見てもかなりでかいのが良くわかるが、何よりもあまり見ないというか、少し新しいデザインのような感じがするな。

宿……というよりも、元の世界にあるホテルのような感じだ。

「あれをダーマが建築したって事か……凄、ぐぇ！」

いきなり首に重みを感じたと思ったら、頭に若干柔らかい感触がする。

「へえ！　結構良いじゃない！」

どうやらソルテが荷台からやってきて俺に覆いかぶさるように抱き着いてきたようだ。

若干の柔らかさの正体はソルテの控えめな……あ、やめて尻尾ぴしぴししないでくすぐったい。

そして、ソルテに続いてレンゲ達も前方へとやってきた。

「おおー。でも最寄りの街からは少し外れているみたいっすね」

「買い物をするのなら、あちらでという事でしょうか」

「海……凄く大きいのね」

「あの辺りは城壁とかないんだな……」

一応街の方は城壁に囲まれているようだが、アインズヘイルや王都の物と比べると小さいな。

「まあ、この辺の魔物は大人しいっすし、弱っちいっすからね。余計な事さえしなければ、まず襲われる事はないっすよ」

「危険度が低いからこその、リゾート地という訳だろう」

なるほどなるほど。

なら、安心して満喫出来るという訳だ。

良かった……廊下を歩いていたら魔物と遭遇するとかあったらどうしようかと思ったわ。

いくら体を鍛え始めたとはいえ、魔物との戦闘はやはり緊張するのである。

ほどほどに、ゆっくりと強くなって行けたらいいよね！

で、あの建物を目指して進んでいき近くまで来たのだが……やはりでかい。

そしてかなり高級だという事が良くわかる。

出迎えに出てくれた従業員達の教育も行き届いているようで、馬車の通る道を空けて皆一糸乱れぬ動きで頭を下げて迎え入れてくれる。

「お待ちしておりましたわ！」

そして、その先に現れたのはメイラだ。

どうやら先んじて俺達を待っていたらしい。

「道中お疲れ様でした。魔物に襲われませんでした？」

「ああ。大丈夫だったよ。このあたりの魔物は大人しいみたいでいいなあ」

「ええ。だからこそのリゾート地ですのよ。海と砂浜で癒《いや》しと刺激をお届けいたしますわ。それでは皆様お荷物を……って、ありませんのね。でしたら、お部屋にご案内しますわ」

荷物は魔法空間に全部入れてあるから手ぶらである。

ああ、魔法空間本当に便利だ……って、え？　これはまさか……。

「ふふふ。驚いていますわね」

そりゃあ驚くだろう。テレビで見た事があるだけだが、まさかお目にかかる日が来るとはな……。

かなり広く大きく作られた入り口が二つ。

そして、その中には人が余裕で入れる箱があり、それらが上に下にと動き続けているのだ。

「エレベーター……」

循環式と呼ばれるもので、常にゆっくりと動き続けており、タイミングを見て乗り込むものだ。

「あら？　貴方の世界ではそういいますの？　でしたら、そのままそう呼ばせていただきますわ。今話題の最新式大型魔道具。エレベーターですわ！　これがあれば階段を上る必要もありませんし、荷物も人も楽に上層階へと運べますの！　当然！　この地域ではここだけの代物ですのよ！」

「はぁぁぁ……凄え……」

まさかだった。

いや、確かに作ろうと思えば時間と材料さえ確保できれば作れるとは思うが、こんな大規模な魔道具を作ろうとは普通考えないだろう。

あ、もしかして……。

「製作者はエリオダルトか？」

「ええ。王国筆頭錬金術師のエリオダルトですわ。父と私達が彼の研究に出資しているので、要望を伝えておくと暇を見つけて作ってくれますのよ。これも、随分前に発注したものなのですが、気長に待ったかいがありましたわ」

やはりエリオダルトか。

あのおじさん騒がしいだけじゃなく、やはり王国筆頭という名にふさわしい腕の錬金術師のようだ。

空気清浄魔道具といい、エレベーターといい時代の先を行きすぎていて、あの男一人で文明を数段先走る、まさしく天才というにふさわしい男だろう。

「挟まれそうで少し怖いわね……」

「大丈夫ですわよミゼラさん。余裕があるようには作っていますし、もしもの際は傍《そば》に従業員がいますから、すぐに止めてくれますわよ。ただし、中は連動していますから突然止まる可能性を考慮して乗り降りしてくださいまし」

おお、安全対策もばっちりな訳だ。

それではと、軽々と乗るメイラに続いて俺も乗ってみるが、少し緊張する。

「お、おおお……。おおー……」

なんか感動だ。

元の世界じゃあエレベーターなんて普通のものだったが、こっちで乗るとじんと来る。

「なんか変な感じっすねえ」

「へえ。面白い体験ね」

「ふむ……結構丈夫なのだな」

三人は流石は冒険者、度胸があるので余裕みたいだな。

「ミゼラ、手を摑《つか》んで乗るといいぞ」

「ありがとう。よいしょ……」

「ウェンディは大丈夫か？」

「はい。大丈夫です。ありがとうございます」

シロは……と、もう乗ってるか。

この人数でも大丈夫なんだな。

荷物も運ぶって言っていたし、耐久性もかなり高いようだ。

「壁に手をついては駄目ですわよ？　指が持っていかれますからね」

「おお、むき出しの壁は少し怖いな」

当然だが、扉もないので正面は壁なんだよな。

「壁に数字が……なるほどこれで何階かわかるって訳か」

「その通り。皆さんのお部屋は一番上の七階ですから、七の数字の後に降りますわよ。一番上に到達した後は降りますから、どちらで降りても問題ありませんわ……よっ」

軽やかに降りるメイラに続き、俺達も降りていく。

頭上は結構な余裕があるし、動きもゆっくりではあるので難なく降りて、ウェンディとミゼラに手を貸してやる。

「ありがとう……」

「ありがとうございます。ご主人様」

いえいえ。当然ですとも。

「さあ、皆様こちらへ……。それではお待たせしましたわ。当ホテルの最高級のお部屋。ロイヤルスウィートルームですわ！」

メイラが自信満々に扉を開くと、わっという声を漏らしてしまった。

「すっげぇ……」

とてつもなく広い部屋で、家具や調度品も恐らく相当高くて良いものを置いているのが一目でわかる。

だがそれよりもまず第一に目に入ってくるのが、一番奥の巨大なガラスから望む広大な海の存在感だ。

ほぉ……っと、感嘆の声を漏らしてしまうほどに美しい、まるで絵画を切り抜いたような光景に目を奪われる。

今はキラキラと陽《ひ》の光で輝いているが、夕暮れ時もさぞ美しく、夜になれば星空も映える事だろう。

そして……寝具だ。

超巨大なベッドが一つで、家族で訪れても皆一緒に眠る事が出来るだろう。

新品のように皺《しわ》一つない純白のシーツと、少し膨らんでいるが触らずともわかる柔らかいベッドがたまらない。

思わず飛び込みたくなるのだが、俺はいい大人なのでそんな事はしない。

「ん。飛び込みたくなる」

「わかるぞその気持ち」

「じゃあ行く？」

「え、行っちゃうか？」

「「ドーン！」」

シロと手を繋ぎ、二人で同時にドーンと飛び込んだ。

「……子供ですの？　全く……後で食事の後にベッドメイキングをさせておきますわ」

いやいや旅行先に来た時くらい、子供心は忘れてはいけない。

気取ってたって楽しくないからな！

羽を伸ばしに来たのだから、思い切り伸ばすべきだと前言を撤回して、後程もう一回やろうと思う。

今度は皆で同時だな。

それが出来るだけの広さがあるんだから、とてつもないよな。

「ああー……やばい、もう寝れる……」

「んあー……くぅ……」

そして飛び込んだはいいが、このベッドは危険だ……。

押し付けた前面を全て包み込むような柔らかな感触が心地よ過ぎる。

海？　釣り？　いやいやお昼寝だろうという誘惑に抗《あらが》えなくなりそうだ。

「ちょっと起きてくださいまし！　まだ説明する部分がありますのよ！」

「主様！　お風呂！　お風呂も凄いわよ！」

「ちょっとソルテさん!?　そこは私が説明いたしますわ！　こだわりの！　ダーマを押しのけて私のこだわりを押し込んだお風呂なんですわよ！」

ほうほうお風呂か。それは是非見ておかねばなるまいな！

だが、抗えない……このフカフカベッドの魔力には抗えないのだ……ぐぅ…………はっ！　いかんいかん。本当に寝てしまうところだった。

「シロー……起こしてくれー……」

「んんー……無理ぃ……主起こしてぇ……」

「無理だぁ……」

「……ほら。ちゃんとしなさいよ」

「もう……ご主人様。起きてくださぃ……きゃあ！」

「え？　あ、ちょっと……！」

ミゼラとウェンディの二人が腕を引っ張って起こしてくれるのだが、起きたいという気持ちとその逆の気持ちで体が言う事を聞かず、逆に二人もベッドに飛び込んできてしまう。

予期せずして両腕にウェンディとミゼラを抱いたままベッドへと舞い戻ってしまった。

「わっ……何このベッド……凄いふかふか……」

「はぁぁぁ……これは駄目です。駄目になっちゃうベッドです……」

そして二人もこのベッドの魅力に囚《とら》われてしまったらしい。

ミイラ取りがミイラになってしまったようだ。

「主君！　窓の外にホロホロ鳥が……なんだ。皆でお休みするのか。では私も……」

「ご主じーん！　お？　皆で寝るんすか？　じゃあ自分も！　ドーン！」

「あ、こらレンゲ飛び込むんじゃないわよ！」

アイナは腰を下ろしてから四つ這《ば》いになって、レンゲは勢いよく飛び込んで、ソルテはどかどかとベッドへとやってくる。

全員で一つのベッドに横になっているとはいえスペース的にはかなりの余裕があるんだが、皆近い。

「ああー……これいいっすねえ。ご主人。これ買うっすよー……」

「買うかー……。うん。これは買おうかぁ……」

「え？　旦那様のベッドだって相当良い物でしょう？　まだ全然使えるのに、勿体《もったい》なくないかしら？」

「大丈夫だ。お昼寝部屋を作ってそこにこれだけを置くようにするからな。それにこのベッドじゃ……いや、何でもない」

このベッドじゃあ柔らかすぎて何というか、愛しにくいと思うんだよ。

俺の部屋に置いたら、ちょっと用途が寝る事だけに限られてしまうので、それはよろしくないのである。

とはいえ、寝心地は全員一致で最上だと言えるので、買えるのなら買いたいという気持ちはあるのだ。

勿論値段次第ではあるが、ある程度高くても悩んだ末に買ってしまいそうな勢いである。

「もうー。無駄遣いはいけませんよう……」

「そう言いつつ、たっぷり満喫しているじゃないか」

「そうですね……。でもちょっと、これは良すぎてしまいます……」

「うむ。素晴らしいベッドだが、これを買ってしまうと自分が駄目になりそうだな……」

「そうね……。これで寝たら、朝起きるのが億劫《おっくう》になりそうだわ……」

はぁぁ……と、皆で改めてこのベッドの気持ちよさを堪能し、そのまま皆で寝入りそうになってしまう。

「何で！　皆さん！　寝ていますの!?　まだまだ紹介したいものが沢山ありますのよ！　特にお風呂！　お風呂は見てくださいまし！」

「いや、メイラも一緒に寝よう？」

「寝ませんわよ!?　私は忙しいんですの！　ああ、もう……はあ……まあ、道中でお疲れですわよね。ゆっくりお休みくださいな。夕飯時になったらお呼びしますけれど、よろしいですか？」

「ああ……すまんが、頼む」

「それだけ当ホテルの寝具が気に入ったという事でしょう？　でしたら、お邪魔は出来ませんわよ。それでは、ごゆっくりお休みくださいませ。また後程」

メイラはお客様である俺達の事を考えてくれたんだろうな。

許しも出た事だし……それじゃあ、抗うのはやめてこのまどろみに身を委ねると……しよう……。


深い眠りからゆっくりと浅い眠りへと覚醒していくが、瞳はまだ開かない。

ベッドの柔らかさと温かさの心地よさは寝起きにも発揮しているようだが、それ以外の温かさも感じられていて起きる事が出来ないでいた。

「……様。ご主人様」

「ん……」

ゆさゆさと揺さぶられ瞳を開くと、目の前には同じく横になったまま俺の腕を揺するウェンディの可愛らしいお顔が見えた。

「ご主人様。おはようございます」

「おはよー……。ん……んんー……？」

腕を上げようと思ったのだが、全然上がらない。

というか、俺の周りに皆いる。

しかも、半分脱衣したかのように衣服がずれており、顔を紅《あか》く染めている。

よく見ると、ウェンディも少し顔が紅い気がするな。

「ご主人様。先ほどメイラさんがいらっしゃいまして、お夕食のお時間のようです」

「ん……了解。それじゃあ起きて行くか……あー……起きられるかな」

今なおベッドの柔らかさは健在で、起きる気力をガンガン削《そ》ぎ続けているのだ。

ああ、もうほら腕の力で上半身を起こそうとしたのにまた引き込まれてしまう。

今のはまだ眠っているレンゲが引っ張ったせいだが、それでももう一度ぼふんとベッドに落ちてしまうとまた立ち上がる気力がわかない。

「ご主人様。せっかくのディナーですよ？」

「ディナー！」

頭の近くにいたシロがディナーの声で目を覚まし、がばっと起きる音がする。

「主。ディナー！」

「んー……シロはベッドよりもディナーかー……」

「ん。沢山食べて良いって言われてる。沢山食べるの」

「そうかー……確かに、海の近くだし海産物も沢山だろうしな……。海老《えび》、蟹《かに》、貝や新鮮な魚か……んんーもう一声欲しいところだな……」

あと一つ何か魅力的な事があれば、俺は起きる気力がわいてくる気がするんだがな……。

「もう……シロ」

「ん？　ん」

んー？　なんだなんだ？

二人が何かをしそうなので瞳を開くと視界には同時に二人の顔が近づいてくる姿が映る。

ちゅ×2。

そして、両頬に柔らかい感触を感じると二人の顔が離れて行ってしまう。

「……はい。起きます」

まさかの目覚めのキスを受けてしまっては、起きない訳にもいくまい。

シロに腕を引っ張ってもらい、まだ眠い目を擦《こす》って目を思い切りパチクリして目を覚まして周囲を見る。

「ほら、レンゲもソルテもアイナもミゼラも起きなさいな。夕食の時間だぞー。置いてっちゃうぞー」

「んん……起きてるっすよぉ……」

それは起きてねえのよ。

何もしなければ十秒後には寝ちゃうやつでしょ。

「んぅ……おふぁよう……ございます……」

ミゼラはなんとか体を起こしたようだが、まだだいぶ眠そうだ。

女の子座りが可愛いなあとか思いつつ、ズボンがずり落ちていて、更には下着までずり落ちそうなのだが気づいていないようだ。

「えぅ……？」

俺の視線がミゼラの下半身を見ている事に気づき、そのまま自分の下半身へと視線を向けるミゼラ。

「……っ!!」

数秒の時間をおいて、ばっと手で隠すと顔を真っ赤にして目を潤ませて睨《にら》みつけられてしまった。

いやあ、寝起きから良い物を見せてもらったな！

「アイナー。起きろー」

「ん……んん……」

アイナが寝坊助とか珍しい事もあるもんだな。

普段であれば、ウェンディと共に起きて俺を起こしてくれるもんなんだがな。

「アーイナー」

「んん……ああ……主君……」

俺が名前を呼ぶたびにかすかに返事をしつつ、少しずつ近づいてくるアイナ。

どうするんだろうと放っておくと、俺の膝上にもぞもぞと顔をのせ始める。

「アイナー？　そこは勘違いされちゃうぞー」

「んん……」

おお、まだ来るのか。

のそのそと俺を上るようにするとそのまま抱きしめてきて押し倒されてしまう。

「ん……？　んふぅ……主君……」

ぎゅうっと抱きしめられてすりすりされてぷよぷよされてます。

背中の柔らかさと胸板に当たる特別な柔らかさ。

柔らかいサンドイッチにまた俺も目を瞑《つぶ》り……あ、はい。寝ません寝ません大丈夫です。

「アイナー起きろー」

「んん？……主君？　なんだ……するのか？」

「え？」

「アイナさん!?　それは駄目ですよ！」

するするっと元々はだけていた衣服を脱ぎだしてしまうアイナと、それを必死に止めるウェン

ディ。

アイナはウェンディに止められると、きょとんとした顔を向ける。

「ん？　なんだ。ウェンディは……しないのか？」

「します！」

アイナは寝ぼけているようだが、ウェンディは寝ぼけていないはずなんだがな。

「ウェンディ様！」

「はっ！　いけません！　いけませんよ！　シロもいるんですから、自重してください。これはペナルティですよ！」

がくがくとアイナを揺らすウェンディなのだが、アイナは俺の上に乗っかっているのでその振動は俺にも来る。

やばいな。このままじゃあ俺も立ち上がれなくなってしまう。

何か気の紛れる事はないだろうか？

「ん。ソルテ起きる」

「んんん……なによう……良い夢見てたのにぃ……」

「起きる。ご飯なの」

「もう……あとちょっとで主様と……」

「起きる」

「わ、わかった。わかったから……尻尾を顔にぺしぺしするんじゃないわよ」

ああ……平和だな。

それにしても、ミゼラは気にしていたようだが皆肌がはだけているのは気にならないんだな……。

まあ、俺は眼福だからいいんですけどね。

ただ、余計に立てそうもないので、ウェンディとミゼラは無理に立ち上がらせないようにしてね。

特にミゼラはまた顔を真っ赤にしてしまうだろうから、いったん落ち着こうね。


さて、寝ぐせを直して身支度を軽く整えて、エレベーターに乗って五階へと降りる。

「ようやく起きましたのね。準備は出来ていますわよ」

どうやら食事部屋の前で俺達が来るのを待っていたらしい。

そして、意気揚々と二枚扉を同時に押し開いて俺達を招き入れると、そこには豪華絢爛というにふさわしい料理の数々が並び、傍にはシェフらしき男達が立っていた。

「おおお！　いい匂い！」

確かにこの匂いは凄いな。

見るだけでなく、香りからも期待度が高まってくる。

王都で食べた高級な食事も美味かったのだが、ここはもう一段も二段も上を行くような気がしてきた。

更には当然だと言うように大きな一枚ガラスの大窓の先には、夕日が沈む直前の海が見える。

水平線に沈む陽《ひ》が海と空を燃やすかのようにオレンジ色へと染め上げる光景は美しいとしか言いようがない。

「さあ、皆様こちらへ腰かけてくださいな。料理はシェフ自ら運んでまいりますから、皆様は欲しい物を言ってくださいな」

「ん！」

「いいのかメイラ？　シロは完全にやる気だぞ？」

「構いませんわよ。いっそ、在庫を全て平らげていただいても構いませんわ」

大した自信である。

だが、シロを舐めてもらっちゃあ困るぞ？

今回は食べ放題と言ってしまった手前、勘弁してくれと泣きつかれても止められるかわからないからな。

「シロ。良いそうだ。存分に食べなさい」

「ん！　じゃあ、全種類を三人前ずつ」

一応俺達の分を考慮して、取り分けても残るようにしてくれたらしい。

俺達はとりあえず野菜から順に、一人前ずつを貰う事にした。

「ん……このドレッシング、凄く美味しいです！」

「ダシガイのドレッシングですわ。身の方は刻んでスープの具にしてありますわ」

「お肉も美味しいわね」

「王国産ビーフフィレ肉ですわよ。氷の上位魔法で氷を出せる冒険者を雇って運び入れた新鮮なものですわ」

メイラは鼻を鳴らして自慢げに説明をしてくれるのだが、褒められてとても嬉しそうである。

「おおお……」

凄い。目の前にあるのはとてもでかい海老である。

伊勢海老？　いや、この世界には伊勢が無いから違うだろうけど、俺が知っている伊勢海老の中でも相当でかいサイズである。

ボイルされて紅く染まった殻に亀裂が入っており、それをナイフとフォークで割ると中からぷりっぷりの海老の身が顔をだす。

特製ソースもまた海老の風味が豊かであり、つけて食べると濃厚な海老の味を鮮烈に感じる事が出来た。

「美味ぁ……なんだこれ、美味ぁ……」

「この海で取れた最高級のヒャワイシュリンプですの。ソースは海老の脳と乾燥させた殻を砕いて入れたスペシャル海老ソースですわ！」

まさに海老尽くしって訳だ！

これは……もっと食べたくなってしまうが、まだまだ色々あるんだよなあ……。

後々好物が出てきた際に満腹なのは避けたいんだよな。

「……ご主人」

「どうしたレンゲ？」

「海老って、少し虫っぽ――」

「ストップだレンゲ！　それ以上は……いけない。海老は、海老だ！」

「は、はいっす。海老は、海老っすね」

そう。海老は海老である。

けっして海老は虫ではない。

確かにそれっぽく見えなくもないし、そう言った理由で海老が駄目な友人もいるが、海老は海老だ。

これは完結した論争であり、それ以上はないのである。

ああ、海老美味ぁ！

貝も美味いし、魚も美味い！

蟹もあるし幸せだー！

「あは、あははは」

「主様、突然笑いだして気持ち悪いわよ」

「いやあ、こんなに美味くて新鮮な海鮮は久しぶりだからさ。ああ……まさか刺身も食べられるとは……」

異世界では生食はしないって事もあるからさ。

生で食べる事が出来て俺は幸せなのだよ。

そして、俺にはお小遣いを使って手に入れた醤油《しょうゆ》がある。

ワサビがないのが残念だが、贅沢は言うまい。

そういえば、今日は偶々《たまたま》お小遣いのスタンプでもらえるものが醤油だったはずだ。

せっかくなので、忘れないうちに使っておこう。

『お小遣い』

すると、何時《いつ》ものように容器に入った醤油瓶と金貨が降ってくるので落とさないようにキャッチする。

の、だが……なんかもう一つ落ちてきた……。

なんだよう。なんか緑色だったんだけど、まさか虫じゃないだろうな？

恐る恐る落としてしまった物を見ると、そこには……よく見た形のチューブのアレが！

「ほぉぉほぉぉほぉぉお！」

え？　ええ？　なんでなんで？　なんでこれが？　ん？　何か紙が付いているので見てみると……。

『お刺身にはこれですよね』

と、メモ書きが添えられている。

まさか、レイディアナ様が気を利かせてくれたのか!?

つまり、今レイディアナ様が見ていらっしゃるという事だよな?

「レイディアナ様……感謝いたします……」

俺は椅子から下りて跪《ひざまず》き、両手を握って感謝の意を注ぐ。

この気持ち……貴女《あなた》に届きますように。

「……貴方、そんなに敬虔《けいけん》な信徒でしたの?」

「ああ。俺はずっとレイディアナ様を信奉しているよ」

醤油もくれる、味噌《みそ》もくれる、更には欲しいと思った時に山葵《わさび》までくれる女神様なんだから当然信奉するだろうさ!

「それで、なんですのそれは? 空から降ってまいりましたけど」

「これか? これは女神様に貰った醤油と山葵だよ。刺身と言えばこれと俺のいた国じゃあ決まっているんだ」

「女神さまに……という部分は触れないでおきますわ。それで、そのお二つをお刺身に? 少し頂いても?」

「ああ……いいけど、こっちは辛いぞ?」

「大丈夫ですわ。私、辛い物も得意ですの、だから……らぁっ！」

ああ、辛みが来たんだな。

鼻がきっとつーんとしている事だろう、どれ水を飲みなさいな。

「くっ、あっ！　驚きましたわ……本当に辛いですわ。それに、お水を飲んだらあっという間に辛さが消えてしまって、程よい風味だけが残りますのね」

山葵は唐辛子等とは違い揮発性が高いので、長くは続かず、水などを飲めばすーっと消えていくからな。

ただ、一瞬の辛さはとてつもなくて涙が滲むほどである。

「まあ、普通はそのまま食べはしないさ。こうして、刺身にワサビをのせて醤油をつけて食べるんだよ。食べてみな」

「いただきます……。ああ……なるほど。確かにこれは、刺身にはこのソースだと言うだけはありますわね……」

「だろう？」

「ええ。とても美味しいですわ。流石は流れ人の世界ですわね……。私達の世界よりも、食も文化も発展しているようですわね」

「そうでもないぞ？　ここの食事は元の世界のものよりも美味いし、この宿だって元の世界にもあるような建物だしな」

まるで高級ホテルというか、最早《もはや》高級ホテルそのものだもん。

俺は泊まった事はないから、確信をもっては言えないが、恐らく大差のない、むしろこっちの方がサービスがいいくらいかもしれん。

「お世辞でも嬉しいですわよ。それでは、この後もたっぷりと味わってくださいまし」

「ああ。沢山楽しませてもらうよ」

まだまだ食べきれないくらいに色々あるからな。

魚介とマッシュルームのアヒージョも美味いし、その油を使ったパスタもまた美味い。

さっき食べたヒャワイ海老もお代わり出来るし、肉も普段食べているブラックモームよりも良いものだから美味いんだもの。

パエリアみたいなご飯ものから、濃厚魚介のスープまで。

果てはなんだか良くわからない紫色した果物百%のドリンクまで美味しいんだよ。

「はぐはぐはぐはぐ。んまー」

シロは勢いとまらず食べ進めているのだが、恐らく料理長と思われる初老のシェフは驚愕《きょうがく》の笑みなど浮かべずに嬉しそうな笑みを浮かべ、どんどんシロの下へと料理を運んでいる。

「お次はクラブポークのソテーです。四人前でよろしいですか？」

「ん。よろしいの」

「それではこちらに。今お召し上がりのハニハニクラブのお味はいかがですか？」

「とても美味しい。主のご飯と同じくらい美味しい」

いや、凄い笑顔で言うのだけれど、同じな訳がなく俺のご飯よりも数段どころか数十段もこっちの方が美味いよ。

流石はメイラが目利きして雇い入れたであろう料理人さんだよ。

俺が予想するに元王城でご飯とか作ってた人なんじゃなかろうか。

そんな人と一般ピーポーである俺の料理を比べるなんて、おこがましいと思われたのではなかろうか。

「それはそれは。ありがとうございます。それでは、主様のご飯と同じくらい美味しい物がまだまだございますので、是非沢山食べてくださいね」

「ん。沢山食べる」

料理長はどうやら気にした様子はないので安心したが、シロが豪快に食べる姿を見ては嬉しそうに笑みを浮かべており、続いて料理を運んできたシェフもシロの食べっぷりを見ては一礼をして嬉しそうにまた厨房《ちゆうぼう》へと戻っていく。

なるほど。自慢の料理をこれだけ美味しそうに、これだけ沢山食べてもらえているので嬉しいのだろう。

もうアレだ。ここのシェフ達は完全にシロのファンになっている。

というか、シロも今日は完全にリミッターを解除しており普段以上に食べているな。

アイナ達もあまりの美味しさに相当食べているが、それでもシロには全く敵う気配が無い程である。

「メイラ……皆相当食べてるが、大丈夫か？」

遠慮なく……とは言われたが、心配になるのが普通だと思うの。

だって本当に遠慮がないんだもの。

俺もだけど、あまりに美味しいから腹八分目とか超えて食べちゃうのよ。

「勿論ですわ。事前に準備してありますので、まだまだ余裕ですわ。それに、もし満席になった際の訓練にもなっておりますし、あまり気にしなくとも貴方のおかげで私は稼がせて貰いますから、大丈夫ですわよ」

「あー」

「心配、してくれたんですのよね？」

「まあ、一応な」

俺がメイラの心配をしたように、メイラも俺に気を使ってくれたようだ。

「大丈夫ですわよ。貴方が持ち込んでくれた商談のおかげで、十分回収出来るくらいは稼げますもの。これはお礼とご褒美ですの。ですから、純粋に楽しんでくださいまし。ほら、デザートも瑞々《みずみず》しい果物を使ったパティシエの新作お菓子もありますのよ」

ちゃんと免罪符を用意して、思い切り楽しんでくれという事なのだろう。

そこまで言うのなら、楽しませてもらうよ。心から。

「それじゃあ、もう少し食べてから頂くとするよ」

「ええ。たっぷり堪能してくださいまし」

ありがとな。それじゃあ、早速あの海老をもう一回頂くとしよう。

んん？　海老の色が違う半身が二つ？　なになに？　ガリオシュリンプ？　ガリオはニンニクだから、ガーリックシュリンプって事か？　え？　料理名じゃないの？　ガリオの風味がする海老って事か！　いや、もうこれ絶対美味い奴じゃん。

食べ比べとか……食べ過ぎちゃうよう！


うぷ……やばい、幸せが出てしまいそうだ……。

完全に食べ過ぎた。

完全に食べ過ぎた状態で、あんなに色鮮やかな上に美味しい上にキンキンに冷えたフルーツゼリーなんて出されたら満腹だろうと食べちゃうよ……。

「あー……ああー……」

パンパン。ただでさえ動くのが辛《つら》いのに今もし鍛錬をしたら間違いなく吐く……。

だが、吐いてたまるものか。

今日はあんなに美しい景色を見ながら、最高に美味い料理を沢山食べたんだから、幸せな気分で今日を終えなくてはいけないのである。

とはいえ、だ。

「あー……うー……食べ過ぎたっすぅ……」

「うーむ、これは……ふぅぅ……」

「はあ、はあぁぁ……今日食べた分が、いくらか胸に行かないかしら……」

「うう、体重がぁ……絶対増えました……」

「美味しかったわね……。はあ……贅沢してしまったわ……」

「ん……流石に、満腹」

と、皆食べ過ぎてしまっている。

メイラとシェフやスタッフ一同は、俺達の食べっぷりに喜んでいたようで、食べる時の反応を見てこれからメニューの改善などするために会議をするそうだ。

メイラはまだ仕事……と、やっぱ忙しいんだな。

「このまま寝たいところだけど、風呂に入ってからにするか……」

食べてすぐ横になるのは気持ちいいんだが、胃液が逆流するから駄目ってのもあるけれど、メイラが凄く風呂を推していたっていうのも気になるしな。

部屋に風呂があるそうなんだが、しまったな。場所くらいはメイラに聞いておくべきだったか……ん？

階段があるな。エレベーターではここが一番上のはずなんだが、なんだろう？

お？　おおお？　おお……これは、まさか……そういう事か。

階段を上ると少し広い部屋に出て、更には奥の扉を開くと外に繋がっていてどうやらここは屋上らしい。

「屋上で露天風呂か……なるほどな」

満天の星の下の露天風呂とは流石はメイラが推すだけはある。

壁で三方を仕切られており、海の方角には小さな木々が植えられてそこからは月明かりに照らされた海が一望出来るようになっている。

「これはまた、乙だなあ……」

風呂は円形でプールのような洋式的で、俺達全員が入ってもゆったりと足が伸ばせて座れる作りであり、下手すれば泳げるほどの十分な広さの立派なものだ。

更には端の方にある冷水の流れる水のたまり場には飲み物が用意されており、風呂に入りながらキンキンに冷えた飲み物を飲むという贅沢も出来る、いたれりつくせりのお風呂である。

早速前室の脱衣所にて服を脱ぎ、体を洗って風呂へと入る。

「主ー？　お風呂？　シロも入るー」

「おーう。早くおいでー」

シロがいち早く俺を見つけたようで、普段よりものそのそとした動きで服を脱いでやってきたので、洗い場に座らせる。

「ん……気持ちいい」

「シロ、今日はお腹がぽんぽこだな」

「んー？　流石に食べ過ぎた。被装纏衣《ひそうてんい》も満タン」

被装纏衣《ひそうてんい》っていうと、シロの黒かったり灰色だったり白かったりする技の事だよな。

アヤメさんが言うには黒猫族の秘儀であり、食べる事でエネルギーを蓄える事が出来てそれを消費して強力な身体強化を使えるとかなんとか。

普段からシロが沢山食べる理由は、その被装纏衣《ひそうてんい》のためでもあるんだそうだ。

まあ、そうじゃないとこの小さな体のお腹に入りきらない量の食事は難しいだろうしな。

それにしても、お腹が張って太ったイカのような見事なイカ腹である。

「主も今日はだらしない」

あうあうあ、俺の腹をぽんぽんしないでくれ。

小気味のいい音が出るからって何度もぽんぽんしないでおくれ。

「今日は、であって欲しいところだな……。帰ったら鍛錬の時間を増やすかなー」

シロならすぐにでも元に戻るのだろうけど、年を取るとなかなか痩せにくくなるんだよな……十代の体は羨ましいねえ。

まあ、今日は美味しい物をあれだけ食べられたのだから後悔はないけどな。

「……あんまり無理して強くならなくてもいい。シロが頑張る」

「まあ、今回のはダイエットも兼ねてだよ。勿論マイペースでいくさ」

ん。と、呟《つぶや》いて俺の洗い術に「んあー」と気持ちよさそうな声をあげ、お湯で流すと体を振って水を飛ばしてから一緒に湯につかる。

「ああー……」

「あふぅ……」

シロは俺の膝の上に乗って腕の中におさまり、夜風の気持ちよさとお風呂の温かさを満喫している。

旋毛《つむじ》が見えたのでそこに顎をのせると、いやあんと嫌がって逃げられてしまった。

「んー主と二人きりー……が、終わってしまう」

ん？　と思っていると、すぐさま脱衣所の方へと顔を向けるシロ。

「主様ー？　あ、ここにいたのね」

どうやら皆も階段を見つけてここに来たらしく、シロの言う通り二人きりの時間は終わりを迎えたようだ。

「お風呂か？　となると……」

「皆で……なのよね？」

「当然っすよ。それが、ご主人のルールっす！」

いや、だから別にルールではないんだよ？　一人で入りたい時もあるだろうし、絶対って訳ではないんだがな。

「ミゼラも一緒に、皆で入りましょう」

というウェンディさんの鶴の一声で、全員集合だ。

「主。鼻の下伸びてる。もう大分見慣れてるはず」

「そうは言ってもなあ。何度見ても良い光景なのだよ」

「むう……」

シロは不満そうな顔を浮かべているが、俺はニマニマである。

皆が体を洗っている姿をじっくり観察出来るというのは、いつ見ても楽しい光景なのだ。

「はぁぁ……気持ちいいわねえ……冷たい飲み物まであるなんて、流石は高級宿ね」

「主君。あの星とあの星とあの辺りの星を結んで真龍《しんりゆう》座というのだ」

こっちにも星座はあるんだな。

というか、真龍座って……きっと、実際にいる龍とかなんじゃなかろうか？

なんとなくそんな気がするなあ。

「満天の星の下、波の音を聞きながらご主人様とお風呂……贅沢な時間ですね……」

ウェンディが俺の横で縁に腰を掛けて足だけを湯に入れつつ、冷たい飲み物を飲んでうっとりとしている。

体にのせられたタオルの隙間から太ももを這う水滴と、少し赤らんだ肌がとてもエロティックだ。

「そういえば、明日はどうするの？」

「んんー午前中は自由行動でいいんじゃないか？　午後からは砂浜が使えるらしいし、お昼ご飯は皆で砂浜でって事で」

「いいっすねえ！　さっきメイラに聞いたんすけど、最寄の街にでかい隊商《キャラバン》が来てるらしいんすよ！」

「ふむ。隊商ならば面白い物も売っているだろうし、何かダンジョン産の武器や装備がないか見に行くか」

「私達は……お洋服を買いに行きましょうか」

「はい。ウェンディ様。ついていきます」

「あ、じゃあ私もそっちについてくわ。護衛とナンパ避《よ》けも兼ねてね。隊商は別の日に見に行くわ。主様はどうするの？」

「んー。俺は釣りでもしてるかな」

隊商とやらは気になるが、せっかく釣竿を作ったしな。

実際に使ってみて微調整をする必要はあるだろうし、午前中は欠伸をしながらまったり過ごしたい。

それに俺好みのものはきっと後日でも売れ残っている気がするし、帰り際に見に行っても残ってそうだしな。

「ん。じゃあシロが主についてく」

「そう。それなら安心ね。ん、んんー……」

「……ソルテ。胸をいくら張っても大きくは見えない」

「ち、違うわよ！　普通に眠くなったから伸びをしただけでしょう！」

ああ、伸びだったのか。

いきなり手を上に伸ばしてちっぱいと腋《わき》を強調しだしたので、唐突にセクシーポーズをしだしたのかと思った。

「っていうかあんた、ちっぱい連合で組んでるんだから、仲間である私を下げる事言うんじゃないわよ」

「ん？　シロはいずれ大きくなるから一時的なもの」

「ちょっと待って！　あんたいずれ裏切る気なの!?」

あー……シロはまだまだ伸び盛りだもんな。

ちっぱいじゃなくなったら、ちっぱい連合にはいられなくなるのは必然という訳か。

「おーおー。シロはいずれぱい連盟に入るんすか！　いいっすよー。自分とミゼラはいつでもウェルカムっす！」

「あ、私はもう入ってるのね……」

勝手に加入させられるとか、なかなか悪徳だなぱい連盟。

「ん。お邪魔する。でもシロはおっぱいになるから少しの間だけ」

「自分達も踏み台扱いっすか!?」

「違って……やっぱり入ってるのね……」

「あら。シロがうちに来ればおっぱい同盟は盤石になりますね」

「そうだな。三人で主君を囲えば、どの陣営にも負けないだろう」

「ぐぬぬぬ……ミゼラ！　自分達も三人目を入れるっすよ！　苦肉の策っすけど、やっぱり案内人を入れるしかないんすかね……」

「え？　あの、私全然ついていけてないのだけど……。というか、私その案内人さん？　を知らないのだけど……」

「案内人はあれっすよ。ご主人をお金持ちと見るやすり寄ってきたやべえ奴っす。自分という武器を惜しみなく使う強敵なんすけど、味方に付いたら相当な戦力になるっすよ！」

「戦力？　え、戦うの？」

「そうっす！　これは……女の戦いっすよ！　どれも素晴らしいというご主人の性癖を一つの派閥へと傾ける戦いっす！」

あ、そういう理由で分かれてたんだ。

そうは言われてもどれも違った良さがあるんだがな。

しいて言うならば、大は小を兼ねると言えなくもないが……本当にしいて言うならばだ。

「ねえ！　私一人になるの!?　ただでさえ小さいってだけでもハンデになっているのに、人数まで勝てないだなんて嘘《うそ》でしょ!?」

「ふっふっふ。一人は嫌っすよねえ？　わかるっすよ。自分も一時期一人だったたっすからね！」

「ちっぱいか……領主様を加入させてはどうだ？」

「なんか、戦力になる気がしないんだけど……」

酷《ひど》い言われようだなオリゴールよ。

ただ、ソルテの言わんとしている事は良くわかるのが悲しいな。

「ソルテさんどんまいです」

「ソルテ。どんまいだ」

「おっぱい同盟は余裕すぎなのよ！　むかつく！」

「そうは言われても……主君はなんだかんだ大きいのが好きなようだからな」

「そうですよ。今は私達が優勢なのは、変えようのない事実ですから」

そう言ってウェンディはアイナと胸と胸を合わせ、俺へと見せつけるようにして笑みを浮かべてくる。

す、凄い。貴重な十字谷間だ……。

あえてここは更に貴重な下からのローアングルで下乳による谷間を見てみたい！

アイナが少し恥ずかしそうにしているが、いつか絶対見せてもらおう。

「あの……本当に今更なのだけど、皆全然恥ずかしがらないのね……」

今日はタオルを巻いて入ってもいいぞと言ったのだが、ミゼラはルールには厳しいらしくお湯にタオルは浸《つ》けないという真面目な子。

そんな真面目な子が皆で混浴という現状に疑問を持つのは当然かとも思うが、本当に今更な気もする。

「そういう訳ではないぞ？　私は今でも……主君に裸を見られるのに慣れてはいないが……」

「私は恥ずかしくないですよ？」

「ええ、ウェンディ様はそうでしょうね……」

「シロも。いくらでも見て良い」

「うん。二人はわかってるの」

俺の横へと浸かり、俺の腕を取って自分の谷間に挟み込んでしまうウェンディと、膝上に乗ったまま絶対にそこから降りようとしないシロを見てミゼラは二人は聞かずともわかっていますという表情を浮かべていた。

「っ……じろじろこっち見すぎよ」

仕方ないだろう？　せっかくの夜空と夜空を映した海よりも、夜の暗闇を照らす光の魔石に照らされる皆の方が綺麗《きれい》だと思うのだから。

それに、花より団子、ではないが、夜空より美女を選ぶのが俺である。

「私は……。恥ずかしいは恥ずかしいのよ？　でも、後れは取りたくないの。少なくとも、レンゲとウェンディとシロは絶対に一緒に入るからね……」

「自分はもう慣れっこっす！」

「あれ？　レンゲさんは、元々男嫌いだったんでしょう？　その、今は大丈夫なの？」

「そうっすよー！　ご主人限定っすけどね！　でも、まあ……ご主人には最初に全部見られてるっすからねえ……。今更恥ずかしいとかないっすよ！」

「全部って……」

「全部っすよ……ミゼラも……一回剃《そ》られてみると恥ずかしいなんて思わなくなるっすよ。ねえご主人？　何を聞いてないふりしてるんすか？　自分、ずっと覚えてるっすからね？」

むう、せっかく空気を読んで星空が綺麗だなあとぼうっとしてますよアピールをしたというのに……。

そもそもあれは、ちゃんと手入れをしていなかったレンゲが悪いのだ。

……普通、手入れをしていなかったとしても男である俺がやる必要はなかったと言われてしまえばその通りなのだが……気付いてしまった以上仕方のない行為だったんだ。

そしてあれは、俺も初めての経験だったから、とても衝撃的で良い経験だったのだ。故に、

「……ああ、俺も絶対忘れない」

「いや、何いい顔してるんすか？　ご主人は忘れてもいいんすよ？　というか、忘れてくれた方が良いんすけど？」

それは無理だな。

なんか熱が入ってしまい、普段の俺らしからぬ勢いがあったがアレも良い思い出だ。

というか、なかなか忘れられるわけもない出来事である。

「まあ？　あの出来事以来ちゃんと処理するようになったっすからね！　ある意味では感謝っすけどね」

「ふーん……んんー……？」

「なんすか？　恥ずかしくないとは言ったっすけど、そんなに凝視されると恥ずかしいんすけど……」

立ち上がりふんぞり返っているのでとても見やすかったために凝視させてもらったのだが……ふむ。

「いや、処理ねえ……。剃り残しが……」

「え？　あ！　きょ、今日はたまたま、する暇がなくて明日の朝にしようかなって……だ、駄目っすよ！　なんで魔法空間から剃刀《かみそり》取り出したんすか!?　え、まさか今ここでやる気っすか!?　皆もいるんすよ!?」

そうだね。皆もいるね。

でもソルテはさっき弄《いじ》られたせいかやっちゃえと押してきているし、ウェンディは目を瞑ってくれている。

アイナはどうするべきかと悩んだ末、ウェンディと同じように目を瞑ってくれた。

「大丈夫大丈夫。すぐ終わらせるから」

「何一つ大丈夫な所がないっす！　別に時間を気にしている訳じゃないんすよ！」

「シロ」

「うい」

「ぎゃあああ！　シロまで使う気っすか！　そうはさせないっすよ！　逃げるが勝ちっす！　先にあがるっすからね！」

「『被装纏衣《ひそうてんい》　三纏《さんてん》・白獅子《しらじし》』」

「なんで奥義まで使ってくるんすか!?」

「明日もご飯を沢山食べるために消費しておく」

「そんな理由で!?　だったら後で鍛錬を、ぎゃあああああ！　力強いっす速いっす！　や、足開かないでえええ！　やあああ！」

「主、ゴー」

「おう。今綺麗にしてやるからな」

こんな事もあろうかと、きっちり剃刀は研いである。

更に俺の高いＤＥＸも加えれば、剃刀負けなど一切ない綺麗な仕上がりになる事間違いなしだ。

ただ処理すれば良いと、ただ剃れば良いというものではないのだと、教えて差し上げようじゃないか！

「きゃあああああ！　やめ、恥ずかし、恥ずかしいっすぅ！」

「……なるほどね。これは……恥ずかしくはなくなるわね。真似したくは全くないけど」

「冷静になってないで助けて！　ミゼラ同じぱい連盟っすよね⁉」

「入った覚えがないのだけど……。んんー……でも無理ね」

「なんでっすか！」

「だって、ほら。旦那様、錬金の時のような集中力だもの」

「超真剣な顔！　その顔好きっすけど、なんか逆に恥ずかしいんすけど！　にまにまいやらしい顔をされてた方がまだマシなんすけど！」

「しっ。静かに、そして動くなよ。手元が狂う……」

ザラザラ感は一切残さない……後に残るのは、つるつるな肌触りだけにしなければならないのだ。

一㎜、いや数ミクロンを気持ちだけでも意識するんだ俺！

「っ……くぅ、やあ……！　ご主じ、指ぃぃ……！」

「…………」

「っっ……!!」

「………ふぅ。終わりっと」

迅速果断、全身全霊を込めた手入れであった。

緊張を解くとどっと汗が噴き出してきて、たった数秒の事に疲労感を覚えてしまう。

だが、それだけの結果は伴ったと、すべすべでつるつるになった肌を撫《な》でると達成感が気持ちのいい物だった。

「……皆、アレも恥ずかしくはないの？」

「流石にあれはきついわね……」

「そうだな……きちんと手入れはしておこうと戒めになるな」

「シロは生えてないから……。主にならしてもらってもいい」

「私も大丈夫です。ご主人様には私の体の全てをさらけ出せます！」

「二人はぶれないのね……」

「っふぅぅぅ……ふぅぅぅぅ……や、やっぱり変態なご主人は嫌っすぅ……」

くたっと力なく床に倒れてしまったレンゲを抱き上げると、ぺちぺちと尻尾で叩《たた》かれる。

「ううう……ご主人の馬鹿ぁ……」

「また思い出が増えたな」

「増えなくていい思い出っすよう！　もう……これからは朝一に絶対やるようにするっす……」

ベンチに寝かせてその横に座ると、体をよじって俺の膝へと頭をのせて仰向《あおむ》けに横になるレンゲ。

顔を真っ赤にし、頬を膨らませて涙目で恨みがましく睨《にら》まれるのだが、俺から見えるつるつるの出来栄えが良いので甘んじて受け入れようと思うのだった。

第五章　旅行先でもトラブルに

ん……んん……。

お昼寝をしたのにぐっすりだったな……。

寝返りがうちづらかったせいか体が少し硬くなってしまっているので、今日はベッドの誘惑を断ち切って体を起こし、腕を回して体をほぐす。

「んー……よし。朝風呂入って、朝飯を食べて釣りに行くとするかな」

寝ぐせ直しと寝汗を落としに朝風呂に軽く入り、朝日に映える海を見ながら体を温め目を完全に冷ます。

珍しく一人でのお風呂を堪能し、目を擦《こす》りながら起きてきたシロの寝ぐせを直してやってから朝食をとりに行くとする。

部屋食もあるみたいだが、うちは食べ盛りが多いからバイキング形式にしてもらったので、昨日夕食を取った場所と同じ場所だ。

「ん……朝は控えめで行く」

控えめと言っても、俺の数倍は食べるんだよな……。

今日の俺は定番の朝ごはん、白パンにベーコン、スクランブルエッグとスープに、果実水で満足である。

うんうん。ホテルに泊まった朝といえばこれだな。

本来ならば、納豆に海苔《のり》と温泉卵とご飯、ほうれん草の胡麻和《ごまあ》えにお味噌汁《みそしる》と焼き魚が一番なのだが、納豆は当然ないからな……。

シロは……うん。朝から厚切りステーキなんだな。凄《すご》い。

満腹、というほどではない状態で果実水を飲みながらシロを待っていると、入り口の扉が開いてメイラがやってきて俺の隣へと座る。

「お邪魔しますわね」

「ああ、どうぞ」

どうやらメイラも朝食を取りに来たらしいが、恐らく普段であればここで食べる事はしないんだろうな。

「昨日はよく眠れまして？」

「ああ、ぐっすりだったよ」

「そう。それは良かったですわ。今日のご予定はどうしますの？　ミャウイの街に隊商がやってきていますから、そちらに行きますの？」

「いや、釣りでもしようかなって思ってる」

「釣り……そんな趣味がございましたのね」

「趣味って程でもないけどな。道中でバンブーメーメーの羊毛とウィップバンブーで釣り竿《ざお》を作ったから、試してみたくてさ」

「まあ、そのお二つで釣り竿だなんて、どんな大物を釣り上げるつもりですの？　まさか、人魚族を釣り上げて連れ帰るおつもりですの？」

「そんな事しねえよ……」

人魚族って事は人だろうが、連れ帰ったら誘拐だろうが……。

「それで、午後からは砂浜ですわよね。それでは、私のお願いも叶《かな》いそうですわね……」

「お願い？」

「え？　聞いてませんでしたの？　ご招待した際にお話ししていたはずですけれど……」

え？　そんな事あった？

……あー！　俺が考え事をしていたタイミングだ！

あったあった。何か困っているから解決の協力をって言ってたな。

「お、覚えてるさ。うん。俺、わかったたって返事した……もんな」

うん。確かしたよ。しちゃってたよ。

内容について深く言及する前に、了承しちゃってたよあちゃー。

今更聞けないし、行き当たりばったりで何とかするしかないか……。

「そう。覚えているのなら構いませんわ。そういえば、出発前に何かお作りになっていたようですけれど、完成しましたの？」

「ああ勿論《もちろん》だ！　だからこそ俺は、ここにいるっ！」

完成していないのに出発は出来なかったからな。

王都の服屋の親父《おやじ》は随分と頑張ってくれていたよ。

俺のデザインに感銘を受け、こだわりを追求する俺に昼夜を問わず良く付き合ってくれた。

料金は弾《はず》んでおいたさ、ちょっと痛いが、悔いはない。

「勿論メイラの分もあるからな！」

「そう。それでしたら、私も午後は空けておきますので楽しみにしていますわね」

「ああ！……ところで、メイラの朝はそれだけか？」

「ええ。バナナナは栄養豊富ですからね。朝はあまり食欲が湧かないのでこれと飲み物で十分なのですわ」

「……あんまり、無理するなよ」

恐らく朝に食欲が湧かないのは、寝不足が原因だろうな。

基本的にメイラについては苦労している姿ばかり見ている気がする。

なんというか、元の世界で社畜として働き疲れていたせいか、仕事で寝不足の顔などを見ると心配になってしまうのだ。

「……大丈夫ですわよ。午後からはちゃんとお休みですもの。仕事は仕事、プライベートはプライベートですわ」

「それならいいけどな」

仕事なんてものは、あくまでも生活するための手段であり、お金を多く稼ぐのは、その生活の質を上げるためである。

生きるために働くのであって、働くために生きるのではないのである。

「食べ終わった。ご馳走様《ちそうさま》」

「朝からシロさんは良く食べますわね。昨日はシェフ達《たち》は大喜びでしたわよ。自信がついたようで何よりでしたわ」

「ん。今日も食べる」

「あら、それでしたらシェフにお伝えしておきますわね。今日の夕食も、昨日とはまた一風変わった絶品をお約束しますわね」

「ん。楽しみにしてる」

それでは、とメイラは先に戻っていき、俺とシロが出て行こうとすると入れ違いに皆が現れる。

今日の午前中はそれぞれ別行動なので、俺達は釣りに行ってくると伝えて海へと向かう。

「んん……潮の香りが強いなあ」

「ん。お魚の匂いがする」

お魚の匂いは……流石《さすが》にわからないな。

「うっし。ここら辺にするか」

ポイントなどわからないので適当だ。

適当な場所で仕掛けの用意をし、『不可視の牢獄《インビジブルジェイル》』を発動して腰を下ろす。

はあ、高さを確保しつつ座って釣りが出来るのは良い……。

「お魚釣れるかな？」

「どうだろうなあ。朝まずめは終わってるし。シロは魚と肉どっちが好きなんだ？」

「肉」

「そうなのか……」

猫人族だから魚かと思ったんだが、やはり肉なんだな……。

まあでも、ライオンも猫科だけど肉を食うもんな。

「主、それは何？　小魚？」

「そう。ルアーっていう疑似餌だよ」

虫が触れない以上、ルアーかワームを作るしかない。

勿論ロストした時用に複数作ってあり、スライムの被膜でゴム製のようなワームも作ってある。

「よい……しょっと！」

キャストはまあまあだな。足元にドボンッ！　となるかと思ったが、結構遠くまで飛ぶもんだ。

糸はたるまなかったし、ちゃんと偏りなく巻けているようなので問題なく釣りを楽しめそうだ。

まあ、簡単には釣れないと思うが、糸を垂らしてぼーっとしているだけでも癒《いや》されるのが釣りというもの……おっと。

「お？　おお……？　凄い引くな」

いきなりのヒットで焦りそうになるが、竿を立てて下ろしては巻きを繰り返して魚をどんどん近づけていく。

「よし、ガッツリ食い込んでるみたいだな」

「ん。気を付ける」

気を付ける？　何を、ってあれ？　いきなり軽くなったぞ？　もしかしてバレたか？

「っ！」

「……ん」

眼前に銀色の何かが光ったかと思うと、シロが手を伸ばしその銀色の何かを掴《つか》んでいた。

鼻先に伸びるのはダツのように細長い魚であり、切っ先が鋭く尖《とが》っていて危うく鼻を貫かれるところだった……。

「あ、あぶ、あぶな……」

「ん。主初ゲット」

いや、初ゲットっていうか、釣り上げたというよりもこいつ俺を狙って飛び込んできたんですけど!?

「異世界は魚が狂暴なのかよ……」

「ん？　これは魔物。魚の魔物」

「魔物なの!?」

え、ただの魚じゃないの？　やっぱりたまたまじゃなかったの？

「海の魚は大体魔物。主……知らなかった？」

「知らないよ！　知る訳ないよ！」

「魚釣りは釣り人と魚の魔物の一騎打ち。普通はプロのお仕事。主はチャレンジャー」

「そんなチャレンジ精神は持ち合わせてないよ！」

え、釣り人って戦闘スキルも高くないと出来ないの？

こう……大人のアダルトで落ち着いた趣味のようなものではないの？

「ええ……大分怖いんですけど……」

釣った魚が襲ってくる釣りとか、のんびりとはかけ離れているんですけど……。

釣り糸を垂らしながら壮大な海を眺めてまったりしたかったんですけど……。

こんな事なら大人しく隊商を見に行った方が良かったかもしれないな……。

「大丈夫。シロがついてる。主は好きなだけ釣るといい。海の中じゃ少し難しくなるけど、陸なら魚なんかに負けない」

「いや、そうかもだけど……」

「せっかく作った釣り竿。もっと試すべき。それに、沢山釣ってアインズヘイルでも新鮮なお魚を食べたい」

それは確かに……。

アインズヘイルは内陸だから、なかなか新鮮なお魚は手に入りにくいし、手に入ったとしても高いのだ……。

今となっては魚を手に入れるのも大変だからこその値段であったとわかるので、帰ったらむしろ安いと買いまくりそうではあるが、自分で取ればタダなんだよな……。

「そう……だな。それじゃあ、頼りにしてるぞ」

「ん。何が来ても、大丈夫」

まあ、素手で高速で突っ込んできたダツのような魔物を捕まえるのだし、いつも通り頼りにさせてもらおう。

魔石を外すと普通の魔物のように消えてしまうため、締めてから身を切り取って魔法空間へとしまい、第二投目を投げる。

すると、着水してすぐさままた竿が大きくしなった。

「っ、これは……でかいな」

ウィップバンブーはかなり頑丈でよくしなるのだが、しなりすぎて折れてしまいそうな程に引く。

不可視の牢獄《インビジブルジェイル》を足元に出して踏ん張れるようにし、何とか耐えるが重すぎて糸が出きってしまわないかが心配になる。

「主、頑張れー」

「ぐぬぬぬ……！」

やばい。全然巻き取れない。

糸が出て行かないようにするので手一杯だ。

「ん。少しお手伝いする」

「へ？」

そっとハンドルを持つ俺の手にシロが触れたと思ったら、ぐるんと勢いよくハンドルが回る。

そして、シロに任せるままに巻き付けていくと、抵抗を見せていたのが一気に軽くなった。

「っ、シロ。来るぞ！」

先ほどの経験から、魚の魔物が俺に狙いをつけて飛び込んでくる気だというのがわかるので、シロに思い切り頼る。

「でかいぞ……！」

魚影が見えると、まじででかい。

子豚くらいの魚影が見えたかと思うと、水面には三角形のような背びれが見えて……って、サメか!?

不吉なＢＧＭが聞こえてきそうだが、一瞬背びれが沈んだと認識したと同時に大きなサメ？　が俺をめがけて飛び込んできた。

ギザギザの歯って事はやはりサメ……？　いや違う！　こいつはカツオだ！

小さめの本マグロ程のカツオだが、背びれと尾びれがサメのようであり、胸びれは横に広がっていて鋭い牙が生えている。

顔だけが辛うじてカツオであり、しかも腹に点々があって星カツオのようである。

「大物だー！」

シロはテンションが上がったようだが、口を開いて牙をむき出しにしたカツオは中々の恐怖である。

「ひっ！」

「ん」

シロは飛び込んでくるカツオを空中で三枚に捌《さば》き、ナイフと手、口を使って上手《うま》い事地面に落とさずにキャッチしたようだ。

ああ、シロが守ってくれるとはいえ怖いものは怖いんだよ。

「あうじ、まほーふーはん」

「あ、ああ……」

さて、目にも留まらぬ速さだった事にも驚いたのだが、シロが三枚おろしが出来る事にも驚いた。

普段料理の手伝いをシロはしないのだが、今度から魚を捌く際はシロにも手伝ってもらおう。

この後も大漁だったよ。

というか、この海域の魚の種類の多さに驚いたし、投げれば必ず魚が食いつくのである意味面白くなってきてしまった。

仲間の尾びれを咥《くわ》えて集団で飛び込んでくるアジグンダンとか一回で数十匹の鯵《あじ》が取れたのでお得だと思う。

「あははは。大漁だ大漁だー！」

「ん！　お魚沢山だー！」

怖い？　そんなものはもう知らん。吹っ切れたわ！

どいつもこいつも襲い掛かってくるのだからいい加減慣れるわ！

しかも魚釣りをするプロが少ないせいか全く魚がすれておらず投げればかかる釣り放題！

釣り堀かよって程に……いや、釣り堀よりも釣れたかもしれないな！

釣り堀は放流後じゃないとなかなか釣れない場合もあるからな！

「主！　次行ってみよー！」

「おっしゃあ！　行くぜおえええい！」

一年で食いきれない程釣ってくれるわ！

干物に漬けにと美味《おい》しくいただいてやろうじゃないのさ！

女神様！　出来れば西京味噌をくださいなっと！

あとどうせなら海老《えび》来い！　海老！

昨日食べた大きな海老よかかれーい！

「ご主人様ー！」

「旦那様。調子はどう？」

「お、ウェンディにミゼラ！　いらっしゃい！　買い物は終わったのか？」

「はい。良い物が沢山買えましたよ。ご主人様の好きそうなものもありましたので、また後日一緒に行きましょうね」

「旦那様？　なんだかテンションが高くない？」

「主。来る！」

「おうよ！　ちょっと待っててくれな！」

よっしゃあっ、この引きはまたカツオだな！　何匹目かはわからないが、カツオは何匹取れてもいい！　行くぞシロ！　だんだん俺もコツがわかってきたから、今回は一人で釣り上げてやるぜ！

「んんおおお！　ふん！　へあああ！」

「ん！」

飛び込んでくるタイミングをずらすような竿捌きでカツオが速度を落としたところをシロが軽々と捌《さば》いてそのままダイレクトに魔法空間へと入れる。

「主」

「おう！」

パンッと手を鳴らしあい、お互いの健闘を称《たた》える。

「釣りって、あんなにアクティブなのね……」

「お見事ですご主人様！」

「いっぱい釣れてるみたいね」

「おう。アインズヘイルに帰っても、新鮮なお魚食べ放題だぜ！　さーて、次は海老が欲しいところだな！」

「海老ですか……」

「まあ、この餌で海老が釣れるかはわからないけどな。あの海老をウェンディとミゼラと調理して食べたくてさ」

海老って何を使ったら釣れるんだろうな。

イカなら確か餌木を使って、エギングとかって言うはずなんだが、海老は何だろう？

……エビング？

いや、あのサイズの海老は釣りではなく素潜りで取るのが一般的なのかな？

いやでも、こんなに狂暴な魔物がいる海じゃあ取れなくないか？

「海老……それなら」

「ウェンディ？　足を水に浸《つ》けてると危ないぞ？」

「大丈夫ですよ。ここは浅瀬ですし、シロなら私もご主人様もお守り出来ますよね？」

「ん。当然」

「では、ご心配なく。ミゼラもどうですか？　浅瀬なら安全ですし、海は気持ちいいですよ」

「えっと、それじゃあ……冷た……あ、でも、気持ちいい……」

んー……まあ、大丈夫そうなら良いんだが……。

「海老海老……海老海老……」

「ウェンディ様？　水面をパシャパシャしながら何を呟《つぶや》いているのですか？」

「え？　あ、ご主人様が海老をお釣りする事が出来るように祈ってるんですよ」

「あ、なるほど……。では私も。海老海老……」

どうやら二人も俺が海老を釣る事を願ってくれているらしい。

期待されたら応えたくなるのが男の子。

よし。無理かどうかは別として海老……釣っちゃおうじゃないのよ。

やはり、海老という事は底の方だろう。

ルアーを重くて沈むものに替えて、底の方を泳がせてみる。

……ふと思ったんだが、海老って魚食べないんじゃ……？

いやいや、もしかしたらがあるかもしれないから諦めるものか！

「お！　何かかかったぞ！」

「ん！」

魚よりは大分軽い。

だが、海老と言われると少し重いか？

一体何だろうと、警戒しながら糸を巻き上げると、そこにはなんと……。

「海老だー！」

「おおー！」

でかい！　昨日食べた海老よりもさらにでかい海老が釣れている！

ごつい殻に長い触角、でかい鋏《はさみ》を持っていて海老と蟹《かに》を合わせたような見た目だが尾があるのでこれは海老だろう！

「「あ！」」

しまった！　あまりのでかさと姿に油断した隙に針から離れてしまった！

くそう！　せっかくの大物がー！

「っ！」

「シロ!?」

「主！」

「っ！　わかった！」

シロが飛び出して空中で海老をキャッチして俺を呼び、一瞬で察してシロの下へと不可視の牢獄《インビジブルジェイル》を張り、海に落ちるのを防ぐ。

シロは透明な不可視の牢獄《インビジブルジェイル》の上に仰向《あおむ》けに倒れながら、見事に海老を両手でキャッチして見せてくれる。

「シュリンクラブ！　昨日コックがとても美味しい海老って言ってた！　滅多《めった》に取れないって！食べさせたかったたって！」

「おお、昨日の料理に出てない海老か……。そいつはまた、楽しみだな！」

不可視の牢獄《インビジブルジェイル》を動かしてテンションの高いシロが魔法空間へと納めると、もう一度シロとハイタッチを交わす。

「やったわね旦那様」

「ああ。やったぜ！」

海老ってルアーで釣れるんだなー。

流石異世界、これもファンタジーだな！

「うふふ。良かったですねご主人様」

「ああ。二人が祈ってくれた力があったからだよ。ようし、この調子でもっと釣るぞー！」

「おー！」

ふっふっふ。魚も甲殻類も沢山釣ってやるぜー！

—ミゼラ Side—


旦那様はどうやら釣りに夢中みたい。

子供みたいにはしゃいじゃって……普段はもっと知的なところもあるのに、変な人。

「うふふ」

「ウェンディ様？」

「ご主人様、無邪気で子供みたいですね」

「そうですねぇ……」

どうやらウェンディ様も同じような事を思ったみたい。

本当、シロと同じくらいの年齢のように無邪気にはしゃいで楽しそう。

「そういえば、さっきの海老って……もしかして、ウェンディ様が……？」

ウェンディ様が海老海老と呟いたら本当に海老が釣れたので聞いてみる。

恐らく、さっきの水をパシャパシャしていたのと、ウェンディ様の呟きが関係がある気がする。

だって、ウェンディ様は……。

「ふふ。しぃ、ですよ？」

悪戯《いたずら》っ子のような表情を見せ、またあの海老が釣れて喜んでいる旦那様に慈愛の瞳を向けるウェンディ様。

この人は、本当に旦那様が好きなんだと、誰もがわかるような表情を浮かべている。

そんな視線に気づかないで釣りに夢中の旦那様。

きっと今のウェンディ様の表情を見たら、釣りよりも素敵な気分になると思うのに、勿体《もったい》ないなあと思うのであった。


ふふふ。

ふふふふははははは。

来たぞ。遂《つい》にこの時が！

お待たせしました俺！　お待ちしました俺！

爆釣でテンションが上がったままなのに、更にテンションが上がってしまうじゃないか！

童心に返るよ！　もはや心が童貞に戻ってしまいそうな程に大興奮だ！

「うひひ、痛い！」

「……何不気味な笑い声出しながらニヤニヤしてるのよ」

「だからって頭叩《たた》くなよ……。そりゃあお前、皆の水着姿だぞ？　ニヤニヤしない方が失礼ってもんだろうが！」

ソルテの水着はスクール水着！　やはり旧スクは正義だと思う。

当然だが、胸のネームにはひらがなで『そるて』と書いておいた。

ぴたっと張り付いて素肌ではなくボディラインがくっきりと出るのが素晴らしいよな。

肩の紐《ひも》そして腋《わき》を回るライン、そして旧スクール水着を旧スクール水着たらしめる水抜き穴……もいいが、そのすぐ上に覆いかぶさっている短すぎるスカート部分とのバランスが絶妙なのだ。

ただ……ソルテのは紺ではなく白の旧スクなのには理由があるんだが……。

「水着……ねえ。本当に主様の世界では海辺でこんな下着みたいな水着を着るの？　なんだか疑わしいんだけど……」

この世界にも水着はある。

あるにはあるんだが……最早《もはや》あれは水着ではなく水に濡《ぬ》れても透けない服であり、色気もへったくれもないものだった。

「何を言うんだソルテ。これは美香《ミカ》ちゃん達に確認してもらっても構わない程にまごう事なく真っ当な俺達の世界の水着だ！」

そうとも。元の世界では普通に多くの女性達が身に着けた伝統的な水着だとも。

一応用心のために美香ちゃん達にそれは児童用だと言われぬよう色は白にしておいた訳だが……ここは悩みどころであった……。

やはり紺が正義だとは思ったんだが、悩んだ末に白にしたのだ。

勿論ソルテの銀色の髪色とのバランスという面も含めて白に至ったというのもある。

「そう……そこまで言うならそうなんだろうけど……なんか嫌な気配がするのよね……」

相変わらず勘の良い犬、もとい狼《おおかみ》である。

だが気づかれるわけにはいかないのだ。

それは児童が着るもので、決して成人した女性が着るものではないとはとても言えないのである。

「まあまあソルテ。ソルテはまだ素肌があまり出てないのだから良いではないか。私のはその……これは、下着なのではないだろうか？」

アイナは大人の赤を基調としたビキニである……。

アイナのおっぱいを頼りない布一枚で覆い、大きめのヒップも同じく頼りない布で覆っただけ、その合間にある鍛えられてくびれた腰を強調したなんだかんだで男が喜ぶ女性水着ナンバーワンな気がするビキニ。

ああ、腰と背中で結ばれたあの蝶々《ちょうちょう》結びを解いてしまいたい……。

「まあまあ。いいじゃないっすか。素材は水竜蜥蜴《シードラン》を使ってるから水には強いんすし、ご主人の言う通り水着なんすよ。動きやすいっすしね！」

「あんたはあんまり普段と変わらないじゃない！」

「いや、確かに普段穿《は》いてるズボンとそう変わらないっすけどね？　でもこれ、中がかなり際どいんすよ？　ズボン脱いだら、流石に他人には見せられないっていうか、ギリギリ過ぎるっていうか……。あ！　だから昨日剃《そ》ったんすか!?」

その通り！……ではない。

剃《そ》ったのはただ単に剃り残しを見つけたからであり、関係はなかったが結果的に良かっただけだ。

そして、レンゲのショートパンツデニムの下はローライズ水着である。

そのため、レンゲのショートパンツの前は開いており、ぱっと見では中に何も穿いていないのではないかと錯覚させるような水着なのだ。

さらに上には白いシャツを胸の下あたりで結んであり、おへそはばっちり見えている。

シャツの下には黄色系のビキニを着てもらい、シャツが水に濡れると透けて見えるのである。

「ご主人様。お待たせいたしました……。すみません遅れてしまって……。ちょっと、零《こぼ》れてしまって……」

零れてって……くはぁ！

凄い迫力だ！　おっぱいが持ち上がっている！

クロスホルターと呼ばれる布で隠すのではなく、布で持ち上げ包み込むようなデザインのそれでは、零れてしまう事もあるだろう。

更にはウェンディにはパレオを用意してあり、大人っぽさと可愛《かわい》らしさを取り込んだデザインとなっているのだ。

ウェンディはエロスもあるが、可愛らしさにも溢《あふ》れているので、これ以上にないピッタリの水着を選んだのだ。

「あ、あの……これで人前に出るのは恥ずかしいのだけれど……」

「ミゼラー。大丈夫っすよ。今日は他の人はいないっすし、それにその水着も可愛いっすよ！」

「可愛いって……だって、こんなに肌が……お外なのよ？」

「いや、マジで可愛いぞ。良く似合ってる」

ミゼラのはフリルが沢山ついている女の子らしくて可愛らしいバンドゥビキニだ。

可愛らしさを強調しつつ、露出はビキニよりも控えめでこれならばミゼラも着れるし可愛いしと選んだものである。

更に清楚《せいそ》なミゼラには薄緑色で清楚で爽やかなイメージのものを用意したのだ。

「……そ、そう。ありがとう……」

「主。シロのはソルテの色違い？」

「ん？　そうだぞー。シロのは新スク、ソルテのは旧スクだけどな」

「おお。シロのが新しい」

シロには紺色のスクール水着を選んでみた。

一応俺の世代は旧スクではなくこっちだったんだよな。

だが、ブルマーといい旧スクは旧スクで根強い人気のあるデザインなのでせっかくだからソルテに着てもらい、懐かしみと可愛らしさでシロには新スクを着てもらいました！

まあ、新スクと言っても、今じゃあこれも変わったらしいけどな……。

当然だが、胸には『しろ』と名前を書いている。

「可愛い？」

「当然！　可愛いぞ！」

「……なんかシロは妙に似合うのよね。まさか、シロみたいな小さい子が着る水着とかじゃないでしょうね？」

「っ……チガウヨ？」

「なんで目を逸《そ》らして片言なのかしら？」

くっ……やはり狼、先ほどから野生の勘が半端じゃないな。

「ま、まあそういう子も着る事はあるぞ？　だが、俺の世界じゃあ人気のデザインの一つである事は間違いないし、ソルテに良く似合って可愛いんだからいいじゃないか！」

「可愛いっていえば何でも済むと思ってないかしら？」

「ソンナコトハナイヨ……？」

「主様。嘘《うそ》が下手よね」

演技派じゃないんです……。

くっ……だが、皆が水着を受け取った時点で後に起こる問題など全てが些事《さじ》と言ってもいいくらいなのだ。

だから……ソルテが俺の腕を取り、久しぶりにあーんとしていて嚙《か》まれるのも些事なのだっ！

「あーん……っ！」

「痛っ……たくない？」

「……流石に本気では噛まないわよ。でも……次子ども扱いしたら許さないからね」

「ああ……そうだよな。たとえまだ生えてなくともソルテはもう立派な大人――」

「がぶっ！」

「痛いです！」

本気で噛まれた！　歯形が残ってる！

いや、うん今のは俺が百％悪かったね！　反省してますごめんなさい！

真並《マコト》みに空気を読めなかったのは本当に反省しています！

「全くもう……それで？　水着に着替えて何をするつもりなの？」

「そりゃあ海で遊ぶに決まってるだろ？　泳いだり、水の掛け合いっことかするんですよ！」

砂浜で目の前海だし、波打ち際で砂遊びやボールも作ったからビーチバレーをしても良い。

まあやっぱり浅瀬で水をかけ合い戯れるなどは外せないと思う訳だがな！

「んんー……」

「ん？　どうした？」

「いやな、主君……。海には入れないぞ？」

「なんで!?　あ、魔物か！」

そうだよな。釣りであんなに魚が狂暴だったのだから、海になど入ったら危険極まりないよな。

うう、畜生……魔物の馬鹿野郎……俺の、俺の夢が……。

「大丈夫ですわよ」

そこに現れた救世主《メシア》……もとい、メイラである。

「この砂浜の海岸は魔物避《よ》けのネットを張ってありますの。ですから、凶悪な魚の魔物達は入って来れませんわ！　ただ例外はいますけれど……皆様がいるなら問題はありませんわ」

「おお……」

「どうしまして？」

「いや、良く似合ってるなと思って……」

メイラのはビキニなのだが、似合うと思ってちょっとエッチな感じにしたのだが、見事に着こなしている。

なんというか……ドキドキするような、元々持っている妖艶な雰囲気が更に増して見えるというか……。

「あら、ありがとうございます。私も素敵な物を頂けてとても嬉《うれ》しいですわ」

「メイラ……恥ずかしくないの？」

あまりの肌面積にソルテが問いかけるが、メイラは恥ずかしがったそぶりすら見せない。

「恥ずかしいんですの？　私は自分の体に自信を持っていますもの。たとえ胸は小さくとも、均整のとれたバランスの良い体だと。それに、この方が用意してくださったものですわよ？　私達を乏しめる目的だとは思えませんわ。そうですわよね？」

「勿論だ！　似合うと思っていたが、ここまではまるとは……。もし他に人がいたら、視線が勝手に向いてしまうだろうな」

「流石に他の方には見せられませんわよ。貴方《あなた》だけにお見せする、特別ですわ……」

微笑を浮かべ、私を見てと言わんばかりにポーズを取るメイラ。

自分をうまく使い、どう魅せるかを熟知しているその姿にはまさしく特別感を覚えざるを得ない。

「ストップストオオップっす！」

「っ！」

「うふふ。もう少し見ていただきたかったですけれど……。それで、砂浜で何をしますの？　せっかくお休みを取ったのですから、無駄にはしたくありませんわよ？」

「そ、そうだな……」

危ない危ない。

メイラは年の割に妖艶だからついつい雰囲気に飲み込まれそうになってしまった。

「あ、まずはあれだ。日焼け止めからしておこう」

「日焼け止め……？」

「そう。肌が焼けると痛いしシミにもなるだろう？　スライムの被膜で日焼けを軽減する薬を作って来たから、まずはそれを塗ろうか」

「あっけらかんとまた随分な物を作りましたわね……」

まあスライムの被膜を手に入れてから色々試していたからな。

たまたま出来た産物を加工していく過程で見つけ、既知の魔法陣《エクスペリエンスサークル》で量産したものだ。

「とろとろですね」

「これを肌に塗ればよいのか？」

「ああ。塗り残しがないようにな」

ムラなどは気にせずに塗れるので、とりあえず塗り残しがなければ問題はないはずだ。

「シロ、背中を塗っていただけますか？」

「ん」

「じゃあミゼラは自分が塗るっす」

「あ、はい。ありがとう」

それぞれが手の届かない場所を塗りあっていく。

日焼け止めはすぐに肌になじみ、海に入っても落ちない仕様である。

「……ふむ。なるほど……そういう事ですのね」

「メイラ？」

「これは……こうですわよね？」

メイラが敷いておいたシートの上にうつ伏せで横たわり、自ら紐《ひも》を外して待ち受ける。

「塗って頂けます？　で、あってますわよね？」

「っ！」

まさか俺の隠していた意図に気づいていたというのか？

ここにいるのは全部で八人。

偶数である以上ペアを組んだ場合は俺も誰かしらと組まざるを得なくなるという事。

そしてそれが意味する事は、背中に日焼け止めを塗るというイベントが発生するという事を、こんなにも早く気づいたと……！

となると、俺の取るべき行動は一つ！

「勿論だ！」

「それでは、お願いしますわね……きゃあ！」

はいきゃあ頂きました！

知ってます。本当は先に手で少し人肌に温めてから塗るという事を知っていますが、お約束をどうしても聞きたかったのでそのまま垂らしてしまいました！　ありがとうございます！

「もう……まったく。しっかり塗ってくださいまし？」

「ああ。塗り残しがないようにな……」

掌《てのひら》を使ってまんべんなくメイラの背中に塗っていく。

色白で透明感があるシミ一つない背中に、日焼けが起きぬようにとしっかりと塗り込むのだが、すべすべでざらつき一つなく手触りが気持ちいい。

「んふ……ああ、心地よいですわね……。ずっとこうしていただきたいですわ……」

俺としてもそうしたいところだが、あっという間にその時間は終わりを迎えてしまう。

くそう。背中はなんて塗りやすいんだ！

「はあ……せっかくですし、前の方も塗ります？」

「それはさせないわよ！」

「ん。調子に乗りすぎ」

「あら？　そちらは終わりましたの？」

「ええ……やってくれますね。メイラさん？」

「何の事ですの？　私は余り者同士で組んだだけですわよ？」

挑発的にメイラが笑い、ウェンディが睨《にら》んで視線がまじりあっている。

一触即発なんじゃないかと、心配をしていると、背中に少し冷やっこい感触が訪れて背筋が勝手に伸びてしまう。

「ひゃんっ！」

ついでに変な声も出た……。

「どれ。主君の背中は私が塗ってやろう」

あぁびっくりした……なんだと思ったらアイナの手か。

「あ、ずるいですアイナさん！　抜け駆けはいけませんよ！」

「そうよ！　ちゃんと決めましょうよ！」

「私が一番理由があるのでは？　塗って頂いたお礼をしませんと……」

「いやいや。自分達はご主人の奴隷っすから！　ご主人のお世話は自分達がするっすからお構いなくっす！」

「どっちでもいいんだけど……師匠のお世話は弟子の仕事だし……お役に立たないと」

「ん。主に塗り塗りするぅー」

ん？　いや、お前らちょっと待て？　ちゃんと決めるなら揉《も》みくちゃになりながら近づいてくる必要はなくないか？

眼前に太ももパラダイスなのは嬉しい限りだが、そんな事思っている間もなく潰れちゃう！

このままじゃあ、絶対俺が下敷きになる未来が見え――

「「「「「「「きゃあ！」」」」」」」

ああ、やっぱり漏れた日焼け止めで滑りますよね。

そして七人の可愛らしい悲鳴は一際大きく聞こえ、ぎゃあああ！

女性に重いという単語は言ってはいけない……だが、この時ばかりは言わざるを得なかった……。

流石に全員に乗られると……重かったです。

でも、柔らかかったです。はい！

太陽よ……その眩《まぶ》しさは今このためにあるのだろうな。

「セイヤッ！」

バシィィン！っと、豪快な音を立ててボールが円形から変形しながらコートの端へと真っすぐに向かっていく。

「シロ！」

「ん」

そんな強力なボールをシロはダイブしながら片手を伸ばして弾《はじ》くと、勢いが完全に殺されてふんわりとレンゲの上へとボールが浮いた。

「ナイスっす！　それじゃあ行くっすよ！」

受け身を取り体勢を立て直したシロがレンゲのトスに合わせて駆け、体を弓なりに反らしてボールを打ち抜くと、ボールはソルテの顔面へと一直線に飛んでいく。

「なんの！」

「行くぞソルテ！」

「お返しよ！」

今度はソルテがボールを打ち抜き、シロを狙ったようだがレンゲの陰に隠れていたシロはソルテが打ち抜く瞬間に飛び上がると、ブロックのように手を伸ばす。

「甘い」

「ぶにゃ！」

ソルテが打った球がシロにブロックされ、そのままソルテの顔に当たってコートに落ちる。

「ぶい」

「やったっす！　ナイスブロックっす！」

「痛ぁぁ……」

「ん。因果応報」

「あんたが先に狙ったんでしょうが……」

とまあ、四人でビーチバレーを楽しんでいるようだ。

しかし、健康的な女体を見ると元気になるね。

先ほど押しつぶされた痛みも嘘のように軽くなるのだから、人体は凄い！

「ご主人様！　もう傷は大丈夫なのですか？」

「ああ……大丈夫だ！」

心配そうに近寄ってきてくれるウェンディ。

クロスホルターの水着故、普段見える角度の谷間ではない部分に目がいってしまう。

皆の裸は何度も見た事があるが、やはり裸は裸、水着は水着で全くの別問題という事が良くわかった。

「ご主人様。せっかくですし、海に入りましょう?」

「そうだな。旅行は童心の解放。思い切り楽しまないとな。ミゼラもいくぞ! 海初めてだろ?」

「え? 私はここで休んでようかと思ったのだけど……そうね。何事も経験なのだものね」

「はい! 皆で水かけっこをしましょう」

ウェンディに手を引かれ、更に俺がミゼラの手を引いて砂浜をかける。

砂浜には当然ごみや危険物などなく、粒子の細かい綺麗《きれい》な砂浜だ。

そして、浅瀬へとやってくるとついやってしまう事。

波が足の裏の砂を取りながら引き、また戻っていく感触を味わうのだ。

「わ、わ……冷たい……。それに、足が……」

「変な感触だよな」

でもなんか病みつきなんだよな。

次はミゼラの手を引いて座り、波を直接体で受けてみるのだが、ミゼラが怖がって腕を抱いてくるのもまた良い。

「大丈夫、まだ浅いところだよ」

「そ、そうだけど……。私、当たり前だけど泳げないのよ……」

波が来るたびにひゃっと声を出しながら、段々と慣れてきたのか波が来るのを楽しみに待っているミゼラ。

どうやら慣れてきたようだなと思っていると、ウェンディが正面に回りニコニコ笑顔を見せてくれる。

「それー！」

「わぷっ！」

うん。予想はしていたが、やはり水をかけて来たな。

予想はしていたので、口を閉じておいて正解だった。

「えほっ、ぺっぺっ……しょっぱ……！　むしろ、辛い……えぐみが……」

「……やったなウェンディ」

「えへへ。二人で良い雰囲気を作っているからですよ。私も一緒ですのに」

「私は、そんなつもりじゃ……」

「ミゼラ、やり返してやれ」

「ええ!?　ウェンディ様にそんな事出来るわけ――」

「えいー！」

「そりゃ！」

ウェンディと目くばせをして同時にミゼラに向かって水をかける。

「わぷっ！……二人で私にかけるなんて……。ええ、わかりました。お返しです！」

ばしゃーっと両手を使って豪快に水をまきちらすミゼラ。

「やりましたね！　てりゃ！」

ウェンディはどうやっているのか片手で薄いベールのような波を作るかのように水を生み出し、見事に上半身全てに水をかけてくる。

「うお、冷てえ！　お返しだ！」

俺はというと、まあ無難だな。

当たっても痛くないように加減はしつつ、量はかかるように力加減をして二人に向かって水をかける。

……あ、そうだ。良い事思いついた。

気づかれないように不可視の牢獄《インビジブルジェイル》で水を上へと持っておいてと……うぶ！

「あは、あははは。旦那様ずぶぬれー！」

「うふふ。油断大敵ですよ。ご主人様」

「二人共……良い度胸だ！」

「「きゃああー！　あははは」」

逃げる二人を追いかけつつ、後ろから水をかけていく。

そして躓《つまず》いて転んでしまい、立ち上がると、今度は二人に追いかけられ、何とか耐えてもう一度追いかけてを繰り返す。

「はぁぁ……はぁぁ……ああー疲れた……」

海で足を取られたまま走るとやっぱり早く疲れるな……。

腰を下ろし、息を整えている俺の前に二人が良い笑顔で並び立つ。

「ご主人様？　休んでなんていられませんよ？」

「ええ。下剋上《げこくじょう》よ」

「んんー？　それはどうかな？」

「「え？」」

いくら俺でもこんなに早く動けなくなるほど疲れるわけがない。

つまり、これは誘いである。

先ほど準備しておいた不可視の牢獄《インビジブルジェイル》をウェンディとミゼラの上に持ってくると、変な影が生まれ二人が同時に上を見る。

そのタイミングで不可視の牢獄《インビジブルジェイル》を解除すると、大量の海水が二人へ……もとい俺も含めた三人へと落ちてきた。

「ぷはあ！　あー……ははは」

「ご主人様……本気出し過ぎですよ。うふふふ」

「本当、髪もびしょびしょって……ウェンディ様!?　胸が！　おっぱいが零れちゃってますよ！」

「え？　きゃあ！」

ミゼラに指摘され、クロスホルターから零れてしまったおっぱいを咄嗟《とっさ》にしゃがんで隠すウェンディさん。

くっ、ウェンディの長い髪と気づくのが遅れたせいであまり見れなかった……。

「……旦那様？　もしかして狙ったの？」

「流石に違うぞ？　たまたまだ。だが、ウェンディ悪かったな」

「うう……酷《ひど》いですご主人様……」

「あー悪かった。ごめん――」

「てりゃ」

「っ、えん！　げほっ、がっっ！」

痛っ！　鼻痛っ！

油断していたせいで直《じか》に鼻の穴に入って来たぞ。

「冗談ですよ。他に誰もいませんし、ご主人様になら、いくらでもお見せ出来ますよ？」

「っ……第二ラウンド開幕だな」

「はい！　てりゃー！」

「甘い！」

流石に警戒しているともさ！

腕でガードして即座に水を――。

「旦那様もね」

「わぷ！　やったなミゼラ！」

「ふふ。油断大敵、わぷう！」

「ミゼラもですよ？」

「えほ、けほ、ウェンディ様酷いです！」

「二対一ではないんですよ？　それー！」

「負けるか！」

「二人共……びしょ濡れにします！」

ああ、海を満喫しているなあ……楽しいなあ！

「皆さーん！　お食事の用意が出来ましたわよー！」

「おおー！　ありがとうメイラ！」

流石は出来る女メイラだ。

どこにいるのかと思ったのだが、どうやら昼食の手配をしてくれていたらしい。

しかもアレは……おそらくＢＢＱ！

海辺で取るなら海の家の微妙な味の焼きそばか、やはりＢＢＱだよな！

「ご主人様。お肉が焼けましたよ」

「お、ありがとうウェンディ」

少し濃い目の味付けが、動き回って失った塩分の補充に良い。

海産物も美味《うま》いし、肉串も美味いなあ。

「シロ。食べ終わったら勝負の続きするわよ」

「ん。返り討ちにしてくれる」

「今度はチームを替えてやるか？」

「そうっすね。いやあ、ビーチバレー楽しいっすね！」

四人はどうやら海よりもスポーツに勤《いそ》しんでいるようだ。

「私達はどうしますか？」

「んー午後はまったりしようか。それ用の道具もあるし」

「そうね。そうしてくれると、助かるわ……はぁ……」

ミゼラもはしゃぎすぎて疲れているようだしな。

俺も疲れたし、せっかく作った物のお披露目もしたいしな。

という訳で……。

「……なにこれ？」

「イルカ君です！」

スライムの被膜製のイルカ君です！

空気を入れると膨らんで海に浮き、上にも乗れるイルカ君です。

「……イルカ君……。そっちは？」

「シャチ君と寝そべれる亀さんです！」

同じく捕まって上に乗れるシャチ君と、横になって寝そべれる大きな亀さんです。

空気はソルテに風の魔法で入れてもらいました！

「イルカ君……結構可愛いわね」

「お。じゃあミゼラが使いな。俺は、亀さんにでも乗るかな」

「それでは私はシャチ君ですね。よろしくお願いします」

「イルカ君……結構乗りやすいのね」

そこは工夫してありますとも。

摑《つか》める取っ手もついているし、うつ伏せで安定するように作ってある。

「あら。楽しそうですわね。交ぜていただいてもよろしいですか？」

「メイラ。片づけありがとな」

「貴方達はお客様ですもの。それに、スタッフに追い返されてしまいましたわ。今日はお休みなのだから……と。まあ、男性スタッフに見られぬように女性スタッフが気を使ってくれたのでしょうけど……」

あー……まあ、メイラの水着はメイラがつける事により、より一層セクシーに見えるからな……。

目のやり場に困るというスタッフの気持ちも良くわかる。

亀に乗り、髪についた海水を絞ると同時に体を伝い滴る水滴……。

水に滴るいい男、より、水に滴るいい女の方が当てはまるんじゃなかろうかと思うほどだ。

「あーメイラさん。また抜け駆けですか？」

「先ほどの事なら冗談ですわよ？　私の胸はそう簡単に見せる気なんてありませんわ。代わって欲しければ、代わって差し上げますわよ？」

「んんー……今日はいいですよ。メイラさんのおかげで、こんなに楽しい想《おも》いも出来ていますし、特別に許してあげます」

「……貴方の傍《そば》にいるのには許可が必要ですのね」

「そんな事は別にないぞ……。しかし、ここはいい場所だな……。また来たくなるよ」

綺麗な砂浜、透き通るような泳げる海、美味い海産物に行き届いたサービスがあり、景色のいいお風呂と、寝心地の素晴らしく良いベッド。

今回はただだが、恐らく料金は目ん玉が飛び出る程に高いだろう。

だが、いくら高くともまた来たいと思わせるようなまさに高級リゾートと呼ぶにふさわしい程に良い処《ところ》であった。

「そう言って貰《もら》えると、こちらも嬉しいですわ。まだ終わりではありませんけど、また是非いらしてくださいな。私が視察するタイミングでしたら、割引して差し上げますわよ？」

「その時は転移で連れて行けって事だろ？」

「ええ。移動費が節約出来る分をお安くしますわ」

やっぱりやり手だよこの子は。

でもたぶん、また来ちゃうんだろうなあ……。

あ、そういえば何かお願いがあるって言ってたんだけど、あれは何だったんだろう？

「なあメイラ、そう言えば例のお手伝いって……」

『シュッ……シュッ……シュッ……シュッ！』

「ん？　何の音だ？」

「だ、旦那様！　あれなに？」

「ん？　何って……」

なんだろう？　何かが近づいて……近づいて？

「きゃあああああ！　何あれ!?」

「くっ、やはり来ましたわね！　海の厄介者クラーケン！」

「ククク、クラーケン!?　クラーケンっていえばあの巨大なタコだかイカだかどっちだか忘れたけどでかいやつだろ!?　え？　あれこっち来てるの!?」

ちょ、これ疑問解決された奴《やつ》じゃない？

多分きっと、メイラのお願いってこいつの事じゃない？

いやそんな事よりもやばい。やばいって！

とりあえずウェンディとミゼラ、そしてメイラと俺を早くここから逃がさないと！

不可視の牢獄《インビジブルジェイル》発動！　全員乗せて、すぐさま砂浜へ！

「あ、イルカ君が！」

「後で助けてあげるから！」

ごめんよイルカ君。

後で無事なら助けてあげるから！

穴が開いてても補修してあげるから、人命最優先で！

「さあ、砂浜の皆さん出番ですわよ！」

「いやいやいや、いくら何でもあんなでかいの無理だろ！」

キャタピラスの五、六倍くらいの大きさだぞ。

しかも海！　陸地ならばともかく海の魔物は狂暴なんだろう？

「お、クラーケンか」

「ん。でかいイカ。……タコ？」

「ソルテたん槍《やり》持ってきてないみたいっすけど、大丈夫っすか？」

「あんな奴に負けるわけないでしょ。さっさと片づけて続きよ続き」

あれえ？　結構余裕そうだぞ？

もしかして、そんなに強くない魔物なのかな？

実は見掛け倒しで名前負けしてるの？

となると、これはアレだろうな。

きっと定番のアレが起きるんだろうな。

最終的には討伐されるのだろうけど、きっとアレな事が起こると思うんだよ！

「旦那様！　足元！」

「え？　おわあああああああああ！！」

「ご主人様ぁー！」

ちょ、油断した！　皆には余裕なんだとわかったら余計な思考が油断を招いてしまった！

っていうか、もう俺でも足が付くくらいの浅瀬だぞ？　どこまで付いてくるんだよ！

「し、死ぬううう！」

やばいやばい。骨をボキボキに折られてしまう！

絶体絶命のピンチ！　た、助けてー！

「大丈夫ですわ！　クラーケンは人の素肌が好きで戯れるだけで命をすぐに取りはしませんわ！

ただ……弄ばれますわ！」

弄ばれ……？　あ、ちょお前どこに触手入れてるんだ！

やめろ！　海パンの中に触手を入れるな！

っていうか……。

「なんだお前！　何にもわかってないな！　人の肌が好きならなんでここで俺だよ！　俺なんかが触手に捕まってどこに需要があるんだよ！　ここはあれだろ？　女の子に巻き付いて水着が引っ張られてあられもない姿を見せるところだろうが！　そして怒った皆に討伐されるまでがお決まりだろうが！　てめえふざけんなよ！」

安全だとわかった途端にお決まりを期待した俺に謝れ！

お決まりっていうのは、圧倒的な需要を満たすからこそお決まりなんだよ！

誰が男が触手に絡まれている姿を期待するんだよこのバーカ！　タコ！　イカ！　どっちだお前！　あ、ちょ、海パンの中で触手動かすんじゃねえ！

「何やってるのよ主様……」

「んんー……なるほど」

「シロ？」

「とう！……あーれー」

ちょ、シロ!?　なんで捕まってるんだ!?

しかも捕まえて下さいと言わんばかりのふんわりジャンプだったぞ！

「ちょ、あんた今わざと捕まらなかった!?」

「ん。主が望んでるから」

「馬鹿じゃないのあんた!?」

「ん？　あ、水着の中は駄目。そこは主だけの領域。入ったら殺す」

「あ、捕まっても余裕なんすね……」

本当だ。体は触手でぐるりと巻かれているにもかかわらず、水着の内側へと入ろうとしてきた触手の先端を見事なまでに追い返している。

「じゃあ、自分達もいくっすか？」

「いやよ！　触手にまさぐられるなんて絶対にごめんだわ！」

「む？　そうだったのか……すまん。皆行くのだと思って捕まってしまった」

「「へ？」」

アイナの足を触手が取り、アイナが二人の手を取っている。

そして、アイナが引っ張られると同時に二人も引っ張られ、空中に放《ほう》り出されると全員が違う触手へと絡まれてしまった！

「いやあああ！　気持ち悪い気持ち悪い気持ち悪いいいい！」

「うわあ……ねっとねとっすね……。うえ、なんか粘液出してきたっすよ！」

「ふむ……粘液のせいで滑るが……引きはがせない程ではないな。どうだ主君？」

どうだも何も、これじゃない感がとても凄い。

だって皆余裕そうだし、焦った様子や恥ずかしがる様子があってこそのお決まりだと思うの。

あ、おま、尻の方に回るんじゃねえ！　あっちは無理そうだからじゃないんだよ！

このままじゃあ、集中力が……ウェンディ達を海に落としてしまいそうだ。

「何をしていますの！　さっさと倒してくださいま……って、きゃあぁ!!」

なっ、しまったメイラまで!?

「ちょ、やめなさい！　こら！　変態クラーケン！　水着を引っ張るんじゃありませんわ！」

しかも完璧だ！　完璧なまでの定番だ！

メイラは戦闘職ではないから抵抗が出来ず、水着が触手に引っ張られて大変いかんですよな状態になってしまっている！

辛うじて大事な部分は見えないが、それでも十分過ぎる程の光景である。

「や……そこは、そこ、擦《こす》っちゃ……っ！」

触手がメイラの体にまとわりつくとクラーケンは心なしか楽しそうで、どうやら水着の中へと侵入を試みて成功したらしい。

メイラには悪いが、顔を真っ赤に紅潮させて恥ずかしがる姿はパーフェクトだ！

そうだよそう。俺はこれが見たかったんだ！

「ふむ。ああするべきだったのか……」

「ええー。ご主人以外に剝《む》かれるんすか？　それは嫌っすね」

「それ以前の問題でしょうが！」

「いいからさっさと助けてくださいまし！」

そうだな。俺ももう満足したからそろそろ本当に助けてくださいお願いしますピンチです。

身をよじって何とか防いでいるんですどう……か？

「……そうですね。皆さん……ご主人様がピンチなんですよ？　それを何を悠長に遊んでいらっしゃるんですか？」

「「「「っ！」」」」

一瞬で空気がピリッとしまり、全員がウェンディの方を向くと……大層お怒りな様子が見て取れる。

「シ、シロは今助けようと思ってた」

空気を察してか珍しく慌てるシロが速攻で纏《まと》わりついていた触手を切り裂いて、俺の傍《そば》へと走ってくる。

「あは……ははは。ちょーっとふざけ過ぎたっすね。ご主人！　今すぐ助けるっすからね！」

「あ、ちょっと！　待って、槍がないから……！」

「ソルテ。すまないが先に行くぞ」

「行くから！　私もすぐに主様を助けに行くから！　んん！　ああ、もう邪魔なのよ！」

続々と触手を引きはがし、襲い来る足を叩きのめして行く三人と、何やら風らしき魔法で触手を切り裂いてから近づいてくるソルテ。

そして、シロが一番にたどり着くと一瞬にして俺にまとわりついていた触手をバラバラに切り裂いてくれた。

「はぁぁぁ……助かったよシロ」

危うく新しい扉を強制的に開かれそうだった……。

何度も言うが、俺はノーマルだからな！

「はあ……はあ……遅いですわよ！」

「悪いっす。でもまあ、ギリギリっすよね！」

どうやらメイラはレンゲに助けられたらしく、漂っていた亀さんの上へと無事に降りたらしい。

ずれてしまった水着を直さずに、呆《あき》れたような視線をレンゲへとぶつける。

「何をどうもってギリギリですの？　はぁぁ……もういいですわ。皆さん、後はきちんと頼みますわよ？」

「ああ……それでは、きちんとやろうか」

「ん。さっさと片づける。じゃないと……」

「ウェンディにめっちゃ怒られるっすからね……。下手するとペナルティっすよ」

「主様との時間を取られちゃたまらないしね。さあ、やるわよ」

そこからは……一方的な戦いであった。

予想通り、本当に見掛け倒しだったらしい。

本来であれば、間違いなくシロもアイナも捕まるような相手ではなく、そりゃあもうボッコボコであった。

向かってくる触手は輪切りにされ、でかい体の中にある魔石をシロが狩り取るとクラーケンが消え、足場にしていた太い触手も消え失《う》せて全員海の中へと落ちる。

「ご主人様？　大丈夫でしたか？」

浅瀬で腰を下ろして行く末を見守っていると、駆け寄ってきたウェンディに手を伸ばされる。

「ああ。なんとかギリギリな……」

「全くもう……後で四人ともペナルティですね……」

ペナルティを受けると何が待ち受けているんだろうか……。

ちょっとまだ怒っている気がするので、今は聞けないが今度隙が窺《うかが》える時にでも聞いてみよう。

「……とりあえず、これで約束は果たせたかな？」

傍らで亀さんの上に乗ったまま髪の毛についた海水を絞るメイラに問う。

「ええ。私個人の被害は甚大ですけれどね……。ああ、魔物避《よ》けのネットも張りなおさねばなりませんわね……。でも、これで他のお客様方をお招きする事が出来ますわ」

プレオープンだったのは、クラーケンが出没していたからなのだろう。

シロ達には余裕だったが、この地域の魔物が弱いので冒険者もあまり強い人がミャウイの街にはいなかったのだと思う。

そこで、アインズヘイルのAランク冒険者である紅い戦線《レッドライン》と、一線級であるシロにお願いしようと思ったわけだ。

「まあ、これだけサービスも行き届いていて満足度が高いんだから、人気は出るだろうな」

「それを広める必要はありますけれどね」

この世界には当然ながらテレビもネットもない。

紙を使っての宣伝なら可能ではあるが、高級リゾートであるここは貴族や商会の偉い人をターゲットにしているはずなので、紙を使った宣伝よりも、人に話して噂《うわさ》を広める方が興味を引く事が出来るだろう。

何時《いつ》の時代も、お金持ちってのは流行に乗り遅れないものだからな……。

お金持ち同士の会話で、今話題の◯◯に行きましたかな？　などのマウントの取り合いもあるだろうし……おお、怖い怖い。

「そうだな。帰ったらアイリスにお勧めしておくよ」

「お話のわかる方ですわね。王族であられるアイリス様から各貴族へ広めていただければ、怖い物はなしですわ」

まあ、アイリスならば多くの貴族と会う機会もあるだろうし、宣伝役としては最上だろう。

お勧めというか、普通に土産話をするだけだが、興味はきっと持たれるはずだ。

「……ついでに、水着の設計図も渡しておこうか？」

「あら。そちらは交渉しようと思っていましたのに……。最初は少々恥ずかしかったですが、他の方も着ていれば慣れますものね。ただ……貴族のご令嬢達には難しいかもしれませんが……貸し切りの際にお伝えしておく事にしますわ」

……別に、良い物を見せてもらったお礼ではない。

ただ単に、純粋に良い宿だと思ったからお勧めしておくだけである。

水着に関しても、もっと広まれば着る機会が増えるのではないかという打算も含めてである。

いやあ、料理も美味かったしな。本当に、色々御馳走様《ごちそうさま》でした！

最終章　メイラと二人

（I wish）

非現実的な至れり尽くせりの高級リゾート地ヒャワイからアインズヘイルに戻り、またいつもの日常を満喫していたとある日の事。

「はぁぁぁ……」

相も変わらず俺の温泉は最高だ。

家の風呂もこの前のメイラの高級宿の風呂も良い物であるのは間違いないが、それでも一番はと聞かれるとここだと答えるだろう。

「お勧め……と、言っておりましたが、まさか貴方《あなた》所有の温泉だとは思いませんでしたわ」

「いいだろ？　自分好みに好き勝手出来るしな」

背後から歩いてくるメイラが、手を湯に入れて温度を確かめてからお湯へと入って俺の横へと来る。

「っ……んん……はぁぁぁ……確かに……良い湯ですわね……」

桶《おけ》で掬《すく》った湯を肩にかけ、力を抜いて瞳を閉じて耳を澄ませるメイラ。

完全にリラックスしているのか、口元が緩み疲れが漏れ出ていくように感じてしまう。

「建物は……アマツクニ式なのですわね」

「ああ。こっちにたまたま来ていたアマツクニ建造木工組合の人に頼んでな。ほぼ材料費だけで作ってもらったんだよ」

温泉街ではあるが、ここの建物以外は洋式の建物で作られており、しかもここは街外れの高い位置にあるのでかなり目立つ。

アマツクニ建造木工組合の人達《たち》はアマツクニの建物を広める使節団であったので、目立つこの位置に目を付けており、なんやかんやあって俺のものではあるが、ここにアマツクニ式の館を建てるに至ったのである。

「本当に貴方は縁に恵まれていますわねえ……」

「そうだなあ。こっちに来てから、良縁ばっかりだ」

トラブルに巻き込まれるなどの縁もあるが、それでも良い事尽くしであるのは自覚している。

「アマツクニの建物と雰囲気が合っていますわね。アマツクニの精巧でありながら木の温かみを感じる匠《たくみ》の建てた逸品のようですわね。そして、この石造りの温泉……あそこの砂利など、雰囲気を重んじていますのね」

「まあな。温泉の方はほぼ俺の手作りだけどな」

「まあ。それをダーマが聞いたら、もっと狙われますわね」

「絶対言うなよ……いや、言わないでください……」

あいつ、建築関係だもんな。

温泉を作るのに是非ご協力をとか言われ、作業中にお尻を狙われるのは絶対に御免だぞ……。

「ふふ。言いませんわよ。肩入れする義理もありませんもの。それに、こうして素晴らしい温泉に連れて来ていただいたのですし……。私、不義理は致しませんのよ。勿論《もちろん》、裏切りには容赦なく制裁を致しますけれど」

……まあ、そういうイメージだわな。

メイラは信賞必罰をきっちりしていそうだ。

「やはりお風呂も良いですが、温泉には敵《かな》いませんわね……。私もここに別荘を買おうか悩みますわ」

「最近高騰しているらしいぞ？」

「知ってますわよ。その理由も……全く、嘆かわしい話ですわよね」

高騰している理由……それは、一部の貴族が温泉宿の混浴でお痛をして施設が使用不能になり、ここユートポーラでは混浴が全面禁止。

ただし、私有地ならば問題はないという訳で家が飛ぶように売れるからというものだ。

「それより、どうして私をここへ連れてきてくださったんですの？」

「まあ、仕事のし過ぎで疲れてると思ったからな。メイラ、働きすぎ」

「働きすぎって……。まったく、貴方は働きすぎであれば誰であろうと温泉に連れてくるお人ですの？」

「そういう訳でもないぞ。ちゃんと人は選んでる」

別に俺は善人って訳でもないしな。

知り合いが働きすぎであれば、日帰りで帰って来れる温泉にでも連れてきて疲れを取ってやりたいなと思う程度だ。

「あら。では私は選ばれる程度には貴方と仲を深めたと思ってもよろしいのでしょうか？」

「ん……まあな。世話になってるし」

それなりにお世話にもなっているし、あの高級宿では本当にいい体験が出来たからな。

あのふわっふわのベッドの製造先も教えてもらえて注文も出来たし、俺が持つ温泉に転移スキルで連れてくる事くらいでお礼になるのであれば軽いもんだろう。

「んふふ。貴方に関わると、良い事ばかり返ってきますわ。……はああ……本当に良い湯ですわ……」

「温泉好きなんだな」

「ええ。勿論ですわ」

メイラはもともとお風呂には強いこだわりを持っているようだし、人一倍好きなんだろうとは思っていたんだけど今の笑顔を見るに間違いないようだ。

ただ……。

「……で、なんでそれ着てるんだよ」

「あら。せっかく頂いたものですし、こういう機会でもないと着れないでしょう？」

メイラが来ている服……というか、水着だなうん。

……まあ、せっかく作ったし、着てくれる分には嬉しいんだけどさ……眼福だし。

「あら？　もしかして裸の方がよろしかったと？」

「いや、まあ、お風呂ってのは……やっぱり裸かなと？」

混浴の場合は水着着用のところもあるから一概には言えないけどね！

でもほら、『混浴で構いませんわよ』とか言われると、ちょっと期待はしちゃうじゃない？　俺だって男の子だし……。

二十代半ばを超えてはいるが、心には童心が潜んでいるものだし。

「残念ですけれど、私の裸は簡単に見られる程安くはありませんのよ」

そらそうだ。ごもっとも間違いない。

「まあ……水着姿でも十分ありがたいけどさ」

「あら。あっさり諦めるのですわね。意外ですわ」

「意外って……じゃあ粘れば見せてくれるのか？」

……一体俺を何だと思っているのだろうか？

色欲の化身だとでも思っているのだろうか？

別にそれだけを目的として生きている訳でもないし、それだけのためにメイラを誘った訳でもないよ？

本当に純粋に単純にメイラの体を心配して、連れてきたんだよ？

……そりゃあ、純粋に単純に見たいという気持ちも少しはあったかもしれないけどさ……。

「そうですわねえ……もう一歩といったところでしょうか」

「メイラお嬢様。こちら、冷たい果実水でございます」

「あら。ありがとう」

…………駄目か。

流石《さすが》に飲み物くらいで水着を脱ぐ訳もないよな。

くそう、こっちの意図など丸わかりだと言うようにご機嫌な笑みを俺に向けやがって……。

……まあ、喜んでくれているのならいいけどさ。

「熱い温泉で飲む冷たい果実水は美味《おい》しいですわね……。はぁぁ……肩コリも大分良くなってきた気がしますわね」

「ん……本当に硬いな……」

こんなうら若い女の子がしていい肩コリじゃないぞ……。

「ちょっと、ナチュラルに触れるんじゃありませんわよ。子供が出来ますわ！」

「出来ねえよ……」

え、性教育受けてないのか？

良いとこの出っぽいし、子供はコウノトリが運んでくると思っていたりとか？

いやでも、メイラと言えば妖艶というか、年齢以上の色気を持っていてそれを自由に操る印象なのにおぼこなのか？

「……貴方にこんな場所で触れられたら子供が出来そうでしょう？　あれだけの恋人達を手籠《てご》めにしているんですわよ？」

「手籠めって……」

「……特殊なスキルとか持ってそうですわ」

やっぱりお前もアレか。

人を絶倫皇とやら扱いする気なのか？

その人アレだろ？　アルティメットナイトの製造者だろ？

あの薄めて使ったのに全然萎える気がしない上に、次から次へと体の中のエネルギーを変換して溜《た》まっていくような危ない薬の製造者と同じ扱いをするつもりなのか？

「実際、六人もの女性が貴方の……に夢中なのでしょう？」

右手で人差し指だけを伸ばし、左手で指を全部使って丸を描くんじゃないよ……。

そこから先は流石に何もしなかったのは、メイラの淑女的なプライドなのだろうな。

「一応……シロには何もしてないぞ？」

「時間の問題でしょう？……というか、ミゼラさんが来てそんなに経《た》っていないはずですけれど……もう手を出しましたのね」

……それについては口を閉じ、目線を逸《そ》らすしかない。

仕方ないんだ。ミゼラがとても良い子で頑張り屋さんだったんだもの。

好きになるのに時間は関係なかったんだもの。

「……やはり近づかないでくれます？　今子供が出来るのは困りますわ！」

「人を見境がないように言わないでくれ」

「事実ないのではなくて？　もし今私の方から貴方に迫ったらどうしますの？」

「そりゃあ、据え膳は……はっ！」

「はっ！　じゃありませんわよ……。やはり、皆さんがいる時はからかえますけど、二人きりは危険ですわね。まあ、私は今は仕事が一番ですの。戯れ程度ならともかく、子供が出来るのは本当に困るので、絶対に駄目ですわよ？」

そんな貴女《あなた》にはこれ！　スライムの被膜で作ったコンド……えふんえふん。

流石にこれを出すのは自重しておこう……。

「で、話を戻すけどどうする？」

「どこに戻しましたの……？」

「いや、肩コリが酷《ひど》いって話だろ？　俺で良ければ、ほぐそうか？」

「ほぐそうかって……出来ますの？」

「まあ、それなりに得意な方だとは思うぞ」

両指を組んで伸ばして曲げて準備運動。

爪は伸びてないし、大丈夫だろう。

「……孕《はら》ませる気ではありませんわよね？」

「そんな嫌がらせしねえよ……」

「……それなら、物は試しですわ。肩だけ、肩だけですわよ」

「おう」

メイラが後ろを向いたので肩へとそっと触れる。

やはり、年不相応なまでに硬いなあ。

これだと日常的に頭痛にも襲われている事だろう。

それじゃあやりますかね。

「痛かったらすぐに言ってくれ」

「ええ。わかりましたわ」

まずは軽く、柔らかいソフトタッチでゆっくりとほぐしていく。

力を込めて勢いよくやると、炎症を起こしたりしてしまうからな。

「ん……普通に、上手ですわね……」

とりあえず肩甲骨回りを重点的に筋肉を緩めるようにしていこう。

「結構本格的ですのね……あ……そこ、気持ちいいですわ……」

「ここだろ？　これ気持ちいいよなあ」

肩甲骨の内側を、撫《な》でるようにさすりながらゆっくりと圧をかける。

ここは指で押すと痛くなるうえに炎症を起こしてしまうと痛いので、慎重にゆっくりと重点的にほぐしていく。

「ああ……極上ですわねぇ……」

メイラの顔は後ろからは見えないが、声音からして大分リラックスしている事だろう。

「うふふ……良いですわね……。このまま私に仕えるなんてどうです？　重宝しますわよ？」

「魅力的な誘いだが、断るよ」

「あら。贅沢《ぜいたく》ですわね……。私に仕えたいと連日人が訪れてきますのよ？　私からのスカウトなんて、滅多《めった》に受けられませんのに」

「自由気ままでいたいからな。やりがいやお金よりも、時間が大事なもんで」

自分の意志で休んだり仕事したりが出来ないのはちょっとな。

立ち振る舞い次第でメイラにも迷惑をかける場合もあるだろうし、この世界に来てまで雇われってのはごめんなのだ。

「残念ですわねえ……。本当に、残念ですわ……」

それだけ買ってくれるのはありがたいが、恐らくメイラ程ではないにせよ激務が待っているという事は予想が出来る。

転移、錬金、それにマッサージも仕事になりそうだ。

マッサージをたまに出張で、という話であれば別に構わないんだけどな。

その後も柔らかいタッチで肩全体をほぐし終え、最後にぽんっと肩を軽く叩《たた》く。

「よし。終わりっと」

肩だけだとこんなものだろう。

これ以上するのは揉《も》み返しも怖いしな。

「え？　もうですの？」

「まあ、肩回りだけだしな」

「それは……そういうお話でしたけれど……。その、肩以外も出来ますの？」

「まあ全身余すことなく一通りは？」

仕事場の椅子を並べて横に寝た先輩のマッサージをやった事もあるしな。

頻度が多くなってきたから通勤の際に読む本としてマッサージやツボについての本を買って学んだものだ……。

ああ、懐かしい……。

最初の頃は揉《も》み返しに苦しんでいた先輩も、最終的には寝てしまってその後の仕事を俺一人でやる羽目になった事などとても懐かしい……。

先輩……元気かな？　退職代行サービスを使ってやめちゃったから、送別会も開けなかったんだよな……。

「そう……そうですのね……。その……私、座り仕事ですので、肩や首もそうなのですが、腰回りなども気になるのですけれど……」

「腰？　別に構わないけど……出来ると言っても素人だぞ」

「本当ですの!?　それでは頼みますわ！」

プロに頼んだ方が良いと思うんだがな……んんー腰となると、ここじゃあ出来ないよな。

「じゃあ、場所を変えるぞ？」

「へ？　あ、ちょっと！」

メイラの膝裏と背中へ手を回して抱きかかえ、休憩所へと運ぶ。

ここなら施術台のように横になってもらえて全部のマッサージが的確に出来るのだ。

「あ、移動ですのね。では、うつ伏せになりますわね……その、あまりじろじろ見るのはやめ、ひゃあぁ！　ど、どうして背中の紐《ひも》を解きましたの!?」

「ん？　全身やるんだろ？　それなら邪魔だしな」

「そ、そうですのね。ま、まあ前は見えませんし……構いませんけれど……それに、背中くらい海でもお見せしましたものね……」

それじゃあやるとしますかね。

手をぶらぶらさせて力を抜いて振って、指を細かく動かして再度準備運動を済ませる。

「念入りですのね……まあ、本気で行っていただけるようで嬉しいですけれ……んん……あ、やっぱりいいですわぁ……」

メイラの背中をまじまじと見るのだが、やはり綺麗《きれい》だよな……。

新雪の雪原のようにシミも荒れやかさつきもない見事なものだ。

「綺麗な肌だよな……」

「美容には気を使ってますもの……あっ……。たとえ寝不足でも、お肌のケアは欠かしませんわ」

メイラは結構な頻度で寝不足になっているから、余程日頃から気を使っているのだろう。

そうでもなければ、こんなにも綺麗で瑞々《みずみず》しい肌を保てるはずもないだろうからな。

「なるほど、日々の努力の賜物《たまもの》って訳だな」

「ええ……。美容液は貴方の先輩のものを使ってますのよ」

先輩って事は、リートさんか。

そういえば、リートさんは美容関係を得意とした錬金術師だったな。

「メイラなら色々な所から仕入れられるだろうけど、やっぱりリートさんのは良い奴《やつ》なのか？」

「ええ勿論。販売数があまり多くないので一部でしか話題にはなっていませんけど、とても良い物ですわ。んふぅ……女性の事を考え、ありとあらゆる肌質に合わせて細かく調合された素晴らしい物ですわ。一度スカウトした事もあるのですけど……レインリヒ様が怖いからと断られてしまいましたわ……」

おお。スカウトもするほどって、やっぱりすごいんだな。

でも確かに尻尾のトリートメントもそうだし、受付だけではなく相当腕のいい錬金術師でもあるんだよなあリートさん。

このすべべの肌も、リートさんの美容液が効果を与えて出来ているんだなと思うと、やはり錬金術って凄《すご》いと思う。

そんな肌に指をのせ、まずは背骨のすぐ横を骨盤から上へと順に揉みほぐしていく。

最初は優しく、メイラの反応を見ながら少しだけ力を強めて周辺の緊張を解くように揉みほぐす。

それを二セットほど続け、次は腰回りに両手を添えて体重をかけて揉みこむ。

「はぁぁぁああ……気持ちいいですわぁ……」

蕩《とろ》けたメイラの感想が聞こえてくるので、力加減は問題なかったようだ。

ゆっくりと圧をかけ、丁寧にじわじわとパンを捏《こ》ねるような手つきで揉みほぐす。

「ああ……やはり、男性だと力強くて、いいですわねぇ……」

「普段は女の人にやってもらってるのか?」

「勿論……ですわよ。はっ、あ……私の肌に触っておいてお金を貰《もら》うだなんて許せませんもの……」

まあ確かに。メイラのこの柔肌に触れて体をほぐすだけでお金が貰えるなんて夢みたいな事がある訳もないか。

「でも……貴方にならば払ってもよろしいかもしれませんわね」

「そんなにいいのか？　自分じゃわからないからな……」

いくら技術が上がろうとも、俺自身はほぐせないからな……。

肩凝りをほぐす技術や知識は身についても、自分には試せないのが辛《つら》かったな……。

「ええ……とても、気持ちいい、ん……ですわ……。このまま寝てしまいそうです……。悪戯《いたずら》されそうですから、寝ませんけど……」

「しねえよ……」

寝ている女の子に悪戯とか良くないと思うの。

……そりゃあ、ウェンディや皆があられもない姿で無防備に寝ていたらちょっかい出すとは思いますけれども！

でも本当に寝そうなんだなと、腕の力も抜いて脱力してリラックスしているのを見てはっきりとわかる程である。

「さて、それじゃあそろそろこいつを使いますかね」

「あら、なにか使いますの？　それは……海で使っていた日焼け止めのオイル……ですの？」

器用に胸元は押さえて俺の方へと振り返るメイラ。

見えないようにとの事なのだろうが、男にとっては水着を押さえるという行動は十分眼福である。

「似てるけど違うぞ。これはアロマオイル。リラックス効果の高い香りを含ませたマッサージ用のオイルだよ」

スライムの被膜やイグドラシルの葉や花などの薬効の高い薬草など諸々《もろもろ》混ぜ合わせて作ったスペシャルオイルである。

以前アイナに使った物はぬるぬるする泡を用いたただの泡ローションであったが、こちらはマッサージの効果を高めるべく研究したものである。

……いつか来るであろうアイナへのマッサージリベンジのためにも、腕は磨いておきたいので作ったのだ。

勿論ぬるぬるプレイのためだけじゃあないぞ。

アイナ達は冒険者だし、疲れて帰ってきてマッサージなどする際に用いようという思いもあるからな。

「さあ、それじゃあいくぞ」

「え、ええ……んんっ……あ……」

ちなみにオイルマッサージは流石に先輩にもした事はないので未経験だが、俺自身が専門の所でやってもらった事はあるし、本で読んだ程度の知識はある。

「んんん……。明らかに、先ほどまでのマッサージとは違いますのね……。力の入り具合がとてもいいですわ……あん……」

オイルのおかげで圧をかけた部分が滑らかに動いてゆくからな。

恐らく先ほどよりも刺激が程よく、香りの効果もあって、よりリラックス出来る事だろう。

オイルマッサージは本来、滞っている血流やリンパの流れを改善するものだ。

老廃物などの邪魔な物を排出させ、勿論体のコリにも効く。

「ん……足……痛気持ちいいですわ……んぁ……きゅ……」

太ももは両手を使って交互に捩《ね》じるようにして揉みほぐす。

膝の方から付け根に向かってほぐしていき、反対側も同様にこなす。

そしてふくらはぎは、親指を使って内側から外側へと円を描くようにして揉みほぐしていく。

「んふっ……あはぁ……あぁぅ……んぁ……」

全身の滞っている場所をふにゃふにゃにしてやる勢いで押し進めていくと、メイラから漏れる声には快感を伴ってきたように感じる。

「ね、ねえ……このオイルですけれど、何か、変な効果がありません？　なんだか体が……熱くなって……きましたわ……はぁ……」

メイラが言うように確かにメイラの体からは少し熱気を感じる気がする。

だが、血行が良くなれば代謝も良くなるというものだし、マッサージを受けていれば体も熱くなるのは別に変な事ではない。

「ん？　いや、薬効成分があるだけだと思うぞ？」

「そ、そうですの……。その反応は嘘《うそ》ではなさそうですわね……。なんだか、効きすぎ、て……いるような感じがして……」

「うーん？　次、臀部《でんぶ》をするんだけど大丈夫か？　それともここらでやめとくか？」

「臀部……お尻ですのね……。ええ……ちゃんとしていただけるのであれば……構いませんけど……」

なんだか様子がおかしいのだが、別に媚薬《びやく》成分などは入っていないはずだぞ？

というか、そんな効果のある物は入れてないし……普通にイグドラシル系等や、メントル、後はリラックス効果があるという花である、ラベンモットとやらを使っているだけだ。

「あ……そこ……そこ良いですわ……。もっと奥まで……ぐっと力を込めてくださいまし……」

……ちなみに、まだお尻ではなくその少し上の腰とお尻の中間地点をほぐしているだけである。

決して！　いやらしい部分になどは触れていない！

触れていないのだが……お尻の近くをするようになると、より一層メイラの熱さが増したような気がする。

「ああん、もっとですわ。もっとグリグリしてぇ……いっぱい、擦《こす》りつけて……ください……」

お望みのままにグリグリする。掌と、手根をしっかりと使って。

オイルによって滑りが良いため、スムーズかつリズム良く擦りつける事が出来ている。

「ああ……もう次ですのね……良いですわよ。水着の下に手を入れて、しっかりと揉みしだいてくださいまし……」

揉み、ほぐすである。しだいてなど決してしてしておりません……。

次は臀部の横にある少し凹んだところ付近だから、揉みしだけないからね。

「ん……あっ……そこも、気持ち、ああっ！　駄目ですわ。あまり擦られたら、気持ち良すぎて、なんで……こんな、どこも気持ちいいですわぁ、あぁ……」

いちいちエロいんですけどこの人……どうしよう楽しくなってきた。

メイラが言う通り、どこを触っても気持ちよさそうにしているので、色々と試してみたくなってくる。

腕も取り、ぎゅぎゅっと軽く絞る感じでほぐしただけなのに、桃色の吐息を吐き出している。

そして――。

「あっ……足の付け根は……近すぎますわ……駄目、駄目ですの……感覚、伝わってぇ……ああっ！」

……はわ。はわわわわ。大変な事になってきてしまいました。

目の前にはメイラが体をビクビクと跳ねさせるように震えていらっしゃいます。

太ももを、ぐっと押しながらオイルで滑らせただけですけども。

「あ……あう……ん……ああ……」

大きな動きはなくなったものの、まだ僅かに体を痙攣《けいれん》させては小さくくぐもった声を出している。

……恐ろしい。

俺はちゃんとマッサージをした。

多少楽しくなって調子に乗って色々触り過ぎた感はあれど、誓ってマッサージをしただけなのに、どうしてこうなったんだろう。

まず間違いなくタイミング的に見ても原因はアロマオイルだと思うのだが、変な物は絶対に入れていないはずだ。

イグドラシル系の薬草やメントルは普通に他の薬にも使っているし、リラックス効果のあるラベンモットも普通の香料のはず。

『ラベンモット　リラックス効果のある香りを放つ花』

ほらー。普通の効果だよ。

ん？　なんだこの矢印は。

『　　精油にせずに花を使うと、催淫効果がある。また、特定の薬草と組み合わせると感度が上昇する』

……。

あれ!?　二ページ目的な機能があったの!?

何この追加項目は！　普通に一つに書ききれたよね？　全然スペース空いてますよね!?

そして精油になんてしてませんよ！　特定の薬草にイグドラシル系とメントルが入ってますね！

ブルーハーブもですかそうですか！

で、催淫と感度上昇……？

「てぃ」

「ぁひぃ……！」

つんと、お尻を突いてみると、間違いなさそうだ……。

これは……まずいぞ。信用問題に関わるお話だ。

意図せずとはいえ、薬を盛ったとみられるのではないだろうか！

『勿論、裏切りには容赦なく制裁を致しますけれど』

制裁されるっ！

違うんです誤解なんです……！

裏切るつもりはなく、本当にマッサージしかしてないんですぅぅ！

「あ……はぁ……んんぅ……」

「っ！」

ゆっくりとした動きで水着の紐を緩く結い、ぺたん座りこと、割座に座り直すメイラさん。

顔は紅《あか》くそまり、汗ばんだ額や遠くをぼんやりと見る瞳など、大層お疲れのようであり、まだ事態を飲み込めていないのかもしれない。

ど、どうする？　今のうちにバイブレーターでとどめを刺すべきか？

いや、とどめを刺してどうするんだ。

ここは素直に謝るしかないな。うん。誠心誠意謝ればきっと許してくれると信じて謝ろう。

謝れば許してもらえる訳ではないのは知っているが、謝らないと許してもらう機会すら生まれないのだから謝ろう。

「あの……その……な。メイラ……」

「はぁ……ふぅ……」

「実はなんだが、俺も知らなかったんだ。知らなかったんだけど……ラベンモットには、その……」

「……凄く、気持ちよかったですわ……。私の中にあるストレスや悪い物が全て浄化されていくようでした……」

お？　これは……大満足！　らしい！

じゃああれかな？　言わなくてもいいパターンかな？

いやいや、そんなに阿呆《あほう》じゃありませんよ。

これは黙っていたら後々バレてもっと大変な事になるパターンだと俺は知っています。

だてに社会人を経験していないんです。

ミスがあれば、すぐ報告。

自分の力だけでミスを何とか出来るかどうかではなく、すぐ報告が鉄則なんです！

「その……満足いただいたところで申し訳ないんですが、ラベンモットには、リラックス効果以外の効果もあったようでして……」

「ああ……ラベンモットを使ってましたのね……。なるほど。それであの感度でしたのね……」

知っておりましたかラベンモット……！

一応このあたりで取れるものではないらしく、たまたま隊商で売っていたので買ったんですけど、流石は輸出や輸入業をお仕事にしていらっしゃるメイラさんです。

ロウカクとやらに売っている香草の一種らしいんですが、それも知っておられるなんて流石ですメイラさん！

「マッサージとラベンモット……素晴らしい組み合わせでしたわね。効果が倍……いえ、その倍はありそうですわね。ただ、心を許した方にでないと、お任せは出来ませんわね……でも、これは色々な意味で売れますわ」

売れるかどうかが先だなんて、流石は商人だ……。

そして色々な意味の内容がわかってしまう。

娼館《しょうかん》でオプションとして使われたり、最近マンネリ気味なご夫婦の新たな夜のお味方になる訳ですね。

確かに売れると思いますはい。

「あのー……そのー……それで、怒ってないの？」

「怒って……？　別に、わざとではないのでしょう？　でしたら仕方ありませんわよ。私、仕方のないミスは怒りませんの。それに、今回は結果に私が満足しているのですから構いませんわ」

おおお……なんて懐が深いんだ……。

仕事は押し付けるわけではなく人一倍するし、ミスをしてもただ頭ごなしに怒りはしないだなんて、上司の理想形だろう。

ああ、俺も元の世界ならこんな上司が良かったなあ……。

仕事を押し付けて定時で帰宅する上司よりも、メイラのような人の下で働けていたらもっと幸福度は高かった事だろう。

まあ、こっちの世界じゃあ誰かの下で働く気はないけどな！

「……まあ？　どさくさに紛れて私のお尻を触った事は別問題ですけれどね。てぃって言ってましたわよね？」

ふお……気づいてましたかっ！

なんかぽーっとしていたのでてっきり気づいていなかったのかと……。

「あれは、その……効果を確かめるためというか、本当に催淫と感度上昇効果があるのか気になりまして……」

「そうですのね。それで？　わざわざお尻である必要は？」

「……」

言えない。言えるわけがない。

目の前でぷっちんなプリンよろしくふるふるだったんです……。

メイラが小さく震えていたせいか、小さめの水着からはみ出た肌色でてかてかのふるふるが手招きしてた気がしたんです……。

つい出来心だったんです……好奇心が抑えきれなかったんです……なんとか五指で触れるのを我慢して指一本にするのが精いっぱいだったんです。なんて、絶対に言えないだろう。

「黙ってしまいましたわね。それでは貴方はご自分のミスをどう挽回《ばんかい》するおつもりなのかしら？」

「っ……！　こちら……先ほどのアロマオイルのレシピでございます……」

「あら？　錬金術師の財産であるレシピをいただけるなんて……良くわかっていますわね」

いやだって、売れるだろうなって言っていたし、今すぐ俺に出来る事はこれくらいだろうし……。

大丈夫。材料は頭に入っているし、俺には『既知の魔法陣《エクスペリエンスサークル》』があるからまたすぐ作れるしな。

「ただ、それだけでは許せませんわねえ。乙女のお尻を触るには、安すぎる気がしますわね」

そんなあ……人差し指ですよ？

人差し指でちょっと確認のために押しただけであって、五指を使って揉《も》みしだいた訳でもないですのに……。

まあ、まだきっちりと人差し指はあのお尻の柔らかさを覚えてはいますけど、そのレシピで結構がっつり稼げるのではないかと思うのですが……。

仕方ない。スキル発動だ。『お小遣い！』

上空から舞い降りてくる金貨数枚をちゃんとキャッチする。

「……お金じゃ許しませんわよ？」

わかってるよそんな事！

俺の目的はこっちだ。金貨に続いて降ってきた小さな小瓶の真っ黒い液体！

「……これは、ショーユとかいう……」

「ああ。女神様に貰った元の世界の調味料だ！　お納めください！」

「まあ！　珍しいですわねえ。でも……少ないですわね」

いやいや、最初の頃よりも大きなものを頂けるようになったんですよ。

一番最初は赤いキャップの付いた小さなお魚の容器でほんの少しだったんだから大分増えたんだぞ。

まあ！　小さいお魚の容器でも醤油《しょうゆ》を味わえたあの衝撃と感動は忘れようもない程だったんだけどな！

だが、どうやら量的な意味で納得は出来ないらしい……むう醤油はかなり貴重なのにこれでもダメなのか……。

いや、でも乙女のお尻も値段が付けられるものでもないし、全面的に俺が悪いしな……しかし、こうなったら……。

「……わかった。俺の尻を指で突――」

「いりませんわ！」

なんだよう。食い気味に言わなくてもいいだろう。

世の中等価交換だろう？

尻には尻じゃ駄目なのかよう。

……うん。駄目なんだろうなあ。

とてもどころではなく、メイラのふるふるのお尻と男の俺の尻が等価な訳もないか……。

「そうですわねえ……まずはこのオイルを落として、もう一度温泉にお願いしますわ」

「はい！　お任せください！」

温泉水を不可視の牢獄《インビジブルジェイル》で持ってきて、タオルを使ってごしごしします！

「それでは、お運びします！」

「んっ！……また抱きかかえますのね。先ほどのスキルを使って運んでくだされば良かったのでは？」

まだ少しオイルが残っていたのか、抱きあげた際にメイラがまた体を震わせてしまった。

「……確かに」

「まあいいですわ。あと、冷たい飲み物をお願いしますわね。汗をかいてしまいましたので」

「はい！　お任せください！」

冷たい飲み物です！　二秒程お待たせしました！

ついでに冷えたフルーツもお持ちしました！　お酒を御所望でしたらご用意してあります！

度数は強めがいいですか？　今日という日の出来事を忘れる程の強いお酒もありますよ！

「んんー……はあ。極楽ですわ……至れり尽くせりですわ……」

「恐悦至極にございます！」

「さて……それでは、これが最後ですけれど……」

え、もう最後なの？　それで許してくれるの？

「お願いですわ。……また、ここに連れてきてくださいまし」

「……そんな事でいいのなら、いくらでも」

また来たいと言ってくれるのなら、いくらでも連れてこよう。

多分きっと、メイラは今後も仕事を自重したりなどしないだろうし、また疲れがたまってくるだろうからな。

「それと……」

あ、まだあるんですね。はい。なんでしょう？

「また……あのマッサージをお願いしますわ」

「…………」

「……何か言ってくださいまし！」

「……はまったの？」

「なんか嫌な感じですわね！　ええ、またお願いしますわよ！　気持ちよかったんですもの！　体の中からスッキリしたような気分なんですもの！」

まあ……気持ちよさそうだったよなあ。

あんなに声を漏らして、いやらしくてエッチな声も出していたし、とても気持ちよかったんだろうなとは思うんだよ。

でもそれと同じくらいなかなか恥ずかしい思いもしたと思うんだけど、はまったんだなあ……。

「ニヤニヤしないでくださいまし！　それに実際効果もありましたもの！　見てくださいまし、肩も軽いんですのよ！　ほら！」

腕をぶんぶん回し、肩が軽くなったアピールをするメイラさん。

あーあー雑にそんな扱いをすると、また痛めてしまうぞと止めようとした瞬間だった。

――はらり
「ほらほ……はえ？」

と、この場で二枚しかそんな音を発しないものが落ちる。

緩めに結われていた水着の紐が、豪快に体を動かした事で解けてしまうのは、最早《もはや》必然であったのだろう。

重力に従って下へと落ちた水着の中からは、綺麗で可愛《かわい》い桃色の小さな蕾《つぼみ》が見える。

決して大きくはないがないわけではないちっぱいとぱいの中間くらいの胸に生《な》る、小さくて可愛い桃色のそれを、俺はまるで世界がスローモーションになったかのような集中力できっちりと視界に収め、目に焼き付けた。

単焦点のようにまずは一点集中で、そして今度は胸部の全体を、更にはメイラのキョトンとした表情も含めた俯瞰《ふかん》まで全てを見納め、脳へと保存させていく。

それらが終わるが早いか、メイラは俺の視線を見て自分の胸と俺を交互に一度ずつ確認し……。

「ッッッ!!」

恐らく、メイラの人生の内で最速であろう速さで胸を隠し、後ろを向いて紐をきつく結びなおしていた。

そりゃあもう、親の仇《かたき》かと思うほどに力強くがっちりと。

「……一応言うが、俺のせいじゃないぞ?」

「っ! わかって! ますわよ!」

メイラはこの怒りをどこにぶつければいいのかわからないのだろう。

改めてもう一度紐をぎゅっと全て結びなおし、俺は悪くないとわかっていながらも睨《にら》みつけられてしまう。

どうやら体はともかく心の癒《いや》しは満足してもらえなかったようだ。

……だが、御馳走様《ごちそうさま》でした!

あとがき

ノベルス8巻！　&　コミックス4巻！

今回の8巻は約半分が書き下ろしとなっており、どこで書こうか迷い続けていた水着回を無事に書く事が出来ました！

いつかは全部書き下ろしをやってみたいですが、そのためにはまだまだ続かねばなりませんので、今後ともよろしくお願いします。

さて！　そういえば引っ越ししたんですよ。

前の部屋は本当に狭くって、ベッドを置いたら部屋の半分がなくなり、机を置いたら更に三分の一がなくなる程の狭さだったのですが、今回のお部屋は二倍以上広いのです！

おかげでVRで遊べるようになりましたし、フィギュアを飾る棚が三つに増えました！

まだ全部埋まってはいませんが、今後集めたり作ったりして飾っていく予定で、全部埋まるのが楽しみです！

まあ、引っ越しの荷ほどきがまだ終わってないんですけどね。

この8巻の締め切り前に引っ越しとか、我ながらタイミングがおかしかったですが間に合って良かったです……。

でも水着回だからね。水着回だからいくらでも書けるよね。

前半の調整をするよりも後半の方がとても早く書き上げられたからね。

もうこれはあれかな？　登場人物全員水着の物語を書いていけば常に早く書けるようになるんじゃないかな？

コロナもまだ明けませんねえ……私、最低でも一年に一度は温泉に入りに行きたい人なのですが、残念でならないです……。

ご褒美温泉行きたいです。どうせなら可愛《かわい》い女の子と混浴が良いです。タオルなんて巻かない！って、威勢のいい女の子が凝視される事により流石《さすが》に恥ずかしがる姿が見たいです。

そんな願望のせいか、今回も最終章が混浴風呂のお話になってましたね。

ええ、意識はしていません。していませんが、ここで書かないとメイラちゃんとの混浴の機会がなくなりそうだなと思ったので、書いてしまいました。

多分きっとこれが私の作風なんだと思います。

多分きっとまた同じように最終章は温泉で混浴する事が今後もあるかもしれません。

多分きっとこの混浴を楽しみにしてくれている人もいると思うのと、私の欲望全開で書けるとても楽しいお話なので、今後ともよろしくお願いします。

それでは！　この本を作るにあたっての関係者様、読者の皆様に最大の感謝を！

また9巻でお会い出来たらお会いしましょう！

作品のご感想、
ファンレターを
お待ちしています

あて先

〒141-0031　東京都品川区西五反田 8-1-5 五反田光和ビル4階
オーバーラップ編集部
「シゲ」先生係／「オウカ」先生係

スマホ、PCからWEBアンケートにご協力ください

アンケートにご協力いただいた方には、下記スペシャルコンテンツをプレゼントします。
★本書イラストの「無料壁紙」　★毎月10名様に抽選で「図書カード（1000円分）」

公式HPもしくは左記の二次元バーコードまたはURLよりアクセスしてください。
▶ **https://over-lap.co.jp/824000262**
※スマートフォンとPCからのアクセスにのみ対応しております。
※サイトへのアクセスや登録時に発生する通信費等はご負担ください。

オーバーラップノベルス公式HP ▶ **https://over-lap.co.jp/lnv/**

異世界でスローライフを(願望) 8

発行　2021年10月25日　初版第一刷発行
著者　シゲ
イラスト　オウカ
発行者　永田勝治
発行所　株式会社オーバーラップ
〒141-0031
東京都品川区西五反田8-1-5
校正・DTP　株式会社鷗来堂
印刷・製本　大日本印刷株式会社

ISBN 978-4-8240-0026-2 C0093

【オーバーラップ　カスタマーサポート】
電話　03-6219-0850
受付時間　10時～18時(土日祝日をのぞく)

異世界で土地を買って農場を作ろう
Let's buy the land and cultivate in different world
最強の《至高の担い手《ギフト》》で
農場開拓《ラクラク》ライフ!
人魚やドラゴンの
美少女と送る
賑やか
スローライフ!
岡沢六十四
イラスト:村上ゆいち

第9回 オーバーラップ文庫大賞
原稿募集中！
イラスト：KeG
紡げ、魔法のような物語！
【賞金】
大賞…300万円
（3巻刊行確約＋コミカライズ確約）
金賞……100万円
（3巻刊行確約）
銀賞………30万円
（2巻刊行確約）
佳作………10万円
【締め切り】
第1ターン 2021年6月末日
第2ターン 2021年12月末日
各ターンの締め切り後4ヶ月以内に佳作を発表。通期で佳作に選出された作品の中から、「大賞」、「金賞」、「銀賞」を選出します。
投稿はオンラインで！ 結果も評価シートもサイトをチェック！
https://over-lap.co.jp/bunko/award/
〈オーバーラップ文庫大賞オンライン〉
※最新情報および応募詳細については上記サイトをご覧ください。
※紙での応募受付は行っておりません。